이별의 푸가

철학자 김진영의 이별 일기

이별의 푸가

한겨레출판

"부재의 힘이 모든 것의 기원이다."°
"그것 때문에, 오로지 그것 때문에, 우리는 살아 있는 것이리라."°°

○ 마르그리트 뒤라스,《연인》
○○ T. S. 엘리엇,《황무지》

어린 시절, 나만의 작은 골방이 있었다.
나는 자주 그 골방에서 슬픈 동요를 불렀다.
그러면 그리워서 눈물이 흘렀다.
나는 그 눈물이 행복했다.
이 단상들은 모두가 그 골방에서 태어났다.

차례

만남

"나는 늘 모르는 사람의 친절함이 필요했어요"

당신은 어떻게 내게로 왔을까?

쿤데라는 말한다. 모든 사랑의 만남은 떠내려옴과 건짐의
오래된 신화라고. 누군가가 대바구니에 실려 떠내려오고
누군가가 마침 그때 강가에 있다가 그 대바구니를 건진다.

우리도 그랬던 거야. 당신이 떠내려올 때 마침 나는 거기에
있었고, 내가 떠내려올 때 마침 거기에 당신이 있었던 거야.
당신은 나를 건지고 나는 당신을 건지고, 그렇게 우리의 만
남은 '마침 그때 거기에'라는 오래된 우연의 신화로 시작된
거야, 라고 나는 말한다.

아니에요, 라고 당신은 항의한다. 당신을 만난 건 필연이었
어요. 나는 한눈에 당신을 알아봤어요. 어렸을 때 고양이 인
형이 있었어요. 하루 종일 방에서 그 인형과만 놀았어요. 너
무 만지고 쓰다듬어서 낡고 더러워져도 버리지 않았어요.

친구 대신 인형만 좋아하는 나를 엄마는 미친 애라고 불렀어요. 어느 날 학교에서 돌아와 보니까 인형이 사라지고 없었어요. 엄마가 나 몰래 내다 버렸다는 걸 나중에 알았어요. 나는 정말 미쳐서 울었고 엄마는 새 인형을 사 줬지만 다시는 인형과 놀지 않았어요. 당신을 만난 건 그 인형을 다시 찾은 거예요. 당신은 나의 오래된 고양이 인형이에요. 다시는 잃어버리지 않을 거예요.

나는 당신이 주장하는 만남의 필연성을 믿는다. 내가 오래 찾아다니던 고양이 인형이라는 당신의 고백을 의심하지 않는다. 너무 부드러워요, 너무 다정해요, 라고 나의 애무를 칭찬하며 당신이 잠들 때, 나는 정말 당신의 귀여운 고양이처럼 행복해진다. 너무 잠이 잘 와요, 다시는 깨어나지 못할 것 같아요, 라고 당신이 깊은 잠 속으로 떠내려갈 때, 내가 그렇게 깊고도 깊이 당신을 잠재울 수 있는 단 하나의 사람이라는 자랑스러움으로 황홀해진다. 그리고 그 자랑스러움과

기쁨으로 프루스트의 사랑론을 이해한다:

"사랑의 기쁨은 그 사람의 발견만이 아니다. 그건 내 안에 들어 있던 나도 몰랐던 나들의 발견이다. 세상에, 내 안에 이런 비밀스러운 부드러움이 있었다니, 이런 다정함, 이런 친절함, 이런 예민함, 이런 애착과 기쁨이 있었다니…… 그러나 사랑의 기쁨은 역시 그 사람의 발견이다. 그 사람이 없었다면, 나 혼자였다면, 나는 내 안의 놀라운 비밀들을 영원히 알지 못했을 테니까."○

또 바르트의 독서론을 이해한다:

"사랑의 기쁨은 한 권의 책과 만나는 기쁨이다. 그 책을 읽는 독서의 기쁨이다. 사랑하는 한 권의 책이 없었다면, 하나의 문장, 하나의 단어, 하나의 문장부호가 없었다면, 나는 내 욕망의 장소에 도착할 수 있었을까. 내 안에 있었지만 있는

○ 마르셀 프루스트, 《기쁨의 나날들》

줄 몰랐던, 사교계 안에서 그토록 찾았지만 어디서도 발견할 수 없었던, 내 욕망의 장소를 만날 수 있었을까. 고독의 흔적들이 욕망의 기쁨으로 울리는 내 육체의 초인종 소리를 들을 수 있었을까."○

그러나 되돌릴 수 없는 것이 있다. 당신이 말해주지 않았던 필연적인 것이 또 있다. 당신이 떠내려오고 내가 당신의 대바구니를 건지지 않을 수 없었던 것처럼 어떻게 막아볼 길 없도록 이미 시작되는 것이 있다. 벌써 시작되고 이미 출발해서 아무리 재빠른 이후의 노력들도 아무 소용이 없고, 아무리 간절한 멈춤에의 소망도 너무 늦어버리는 그런 필연적인 것, 다시는 되돌릴 수 없도록 치명적인 것이 또 있다.

어느 날부터인가 당신은 나의 애무를 기뻐하시 않는다. 나

○ 롤랑 바르트,《독서에 대하여》,《카메라 루시다》

의 다정함과 친절함으로 깊이 잠들지도 않는다. 오래된 인형을 잃어버린 사람처럼 무심히 나를 통과해서 창문 밖 어딘가 먼 곳을 응시한다. 그러면서 당신은 다시 대바구니를 짜고 있었던 걸까. 다시 강물 위로 떠내려가고 싶었던 걸까. 다른 그 누군가에게 새롭게 건져지고 싶었던 걸까. 이미 벌써 당신은 떠내려갔고 마침 강가에 있던 누군가가 당신의 대바구니를 건졌던 걸까. 그렇게 내게는 이별이, 당신에게는 새로운 신화가 시작되었던 걸까.

그리하여 지금 누군가가 당신을 또 애무하고 있는지 모른다. 포물선처럼 부드러운 어깨를 쓰다듬고 길고 흰 목에 입을 맞추는 누군가의 다정한 손길이 당신을 깊은 잠 속으로 인도하는지 모른다. 그러나 이제 나는 안다. 당신은 잠들지 않는 심해의 어족이라는 걸, 깊고도 깊은 잠의 바닥으로 내려가서 당신은 또 어디론가 떠나고 있다는 걸. 그리고 또 나는 안다. 그렇게 잠의 바닥으로 내려가기 위해 당신은 늘 누군가의 다정함이, 강을 건네주는 뱃사공처럼 모르는 사람의 친절함이 필요했다는 걸, 그렇게 내가 잠시 머물렀고, 지금은 또 누군가가 잠시 당신 곁에 머물고 있다는 걸 안다. 그리하여 나는 이제 당신이 어느 날 대바구니가 아니라 욕망의 전차를 타고 나에게 도착했던 블랑쉬였다는 걸 안다.

블랑쉬: "나는 늘 모르는 사람의 친절함이 필요했어요."○

당신은 본래 사랑의 주체가 아니라 이별의 주체였다. 당신은 그 누구와 함께 있었지만 사실은 아무와도 함께 있지 않았다. 누군가와 사랑하고 있었지만 그와 이미 이별하고 있었다. 당신이 만나서 사랑하고 싶은 존재는 언제나 단 하나의 존재, 천진스러워 고독한 당신 자신뿐이었다. 그래서 당신은 그 누군가의 부드러운 손길을 강물 삼아 늘 떠나가고

○ 테네시 윌리엄스 《욕망이라는 이름의 전차》

있었다. 아무도 모르는, 아무도 없는, 당신만이 알고 있는, 오로지 당신만이 존재하는 그 어느 곳으로……

당신의 부재 앞에서 나도 이제 그 사랑을 배운다. 부재의 심연, 부재의 적막 속에서 짐작할 수 없었던 부재의 기쁨을 만난다. '오, 쓰고도 달콤한 사랑이여.' 욕망으로 가득했던 사포의 다정한 이별을 배운다. 그 정다움으로 밤마다 나는 잘잠이 든다. 당신이 당신과 함께 잘 잠드는 것처럼 나도 나와 함께 다정하게 잠으로 건너간다. 하지만 그래도 남는 이 부재는 무얼까, 떠내려가듯 잠들 때 왜 이유도 모르면서 눈물이 흐르는 걸까.

"슈베르트를 들으면 눈물이 흐른다. 하지만 왜 눈물이 흐르는지 우리는 알지 못한다."∞

∞ 테오도르 아도르노,《슈베르트》

"그래도 깊은 허전함은 채울 수 없어요."

그때 잠드는 당신 곁에 친절한 내가 있었듯, 지금 외롭게 잠
드는 내 곁에 다정한 당신이 있다면 얼마나 좋을까. 나는 부
드럽게, 마지막 허전함과 함께 잠들면서 홀로 중얼거린다:
"나도 당신처럼 누군가의 친절함이 필요해요. 그렇지만 나
에게 다른 누군가는 없어요. 그 누군가는 오직 당신뿐이니
까요……"

의자

그날 이후 나의 자동차 옆 좌석은 늘 비었다. 누군가가 와서
앉지만 그때마다 나는 속으로 그 누군가를 추방한다. 아니,
추방하는 건 내가 아니다. 그건 옆 좌석이다. 그 빈자리는 나
의 마음을 알고 있다. 내가 자기의 빈자리에 누구만을 앉히
고 싶어 하는지를 알고 있다. 그래서 옆 좌석은 나처럼 릴케
를, 말테를 알고 있다. 그는 자기 위에 앉는 사람을 아무도
사랑하지 않는다. 그는 '오직 한 사람만의 사랑을 받고 싶어
한다'. 내 마음이 옆 좌석의 마음이므로 그는 나처럼 울적하
다. 왜냐하면 그는 나처럼 알고 있기 때문이다. 내가, 옆 좌
석이 사랑받고 싶어 하는 그 한 사람은 '아직 나를 사랑하려
하지 않는다'라는 걸. 그래서 나는 때로 그 사람 대신 옆 좌
석을 사랑한다. 그것만이 나를 알고 있으므로. 나는 자주 어
딘가에 차를 세우고 빈 좌석과 오랜 시간을 보낸다. 그와 이
야기를 나눈다. 그도 알고 나도 알고 있는 어느 문장에 대해
서: 버지니아 울프의 《파도》.

문장들

텍스트는 이미 문자가 아니다. 텍스트는 나에게 소리다. 침
대에서 너에게 읽어주곤 했던 문장들. 프루스트, 플로베르,
보들레르, 랭보 그리고 나의 일기들, 단상들…… 다시 그 문
장들을 읽으면 의미들이 아니라 너의 육체를 느낀다. 나의
목소리로 너에게 새겨 넣었던 문장들. 그 문장들은 악보였
다. 읽으면서 나는 노래를 부르고 있었고 너는 첼로, 바이올
린, 비올라 다 감바, 피아노—악기들이 되었다. 나는 마르셀
이 아니다. 나는 어머니다. 그러나 또한 마르셀의 어머니가
아니다. 나는 아무것도 금지시키지 않는다. 나는 오히려 금
지된 문장들을 너에게 더 깊이 새긴다.

내가 너를 위해 쓴 글들을 읽어주면 너는 어느 사이 잠들곤
했다. 그렇게 잠들어서 너는 어디로 떠났던 걸까.

나의 얼굴

거울을 본다. 나의 얼굴을 본다. 네가 그토록 수없이, 때로는 너무 가까이, 때로는 어쩐지 먼 시선으로 바라보았던 나의 얼굴. 이 얼굴은 이미 나의 얼굴이 아니다. 나의 얼굴은 양피지다, 팔림프세스트다. 먼저 써진 텍스트였던 나의 얼굴. 그러나 너를 만난 후 그 위에 덧써진 너의 흔적들. 그래, 지긋한 시선으로 네가 나를 볼 때마다, 나는 네가 내 얼굴에 문장들을 쓴다고 생각했었다. 내 얼굴은 이제 네가 시선으로 쓴 문장들로 가득한 텍스트다. 그 텍스트 위에 나는 또 무엇을 쓸까.

열패감

우리는 결국 사랑을 마지막까지 지키지 못했다는 패배감. 물론 수많은 장애가 있었으나 우리의 이별은 결국 우리 모두가 사랑을 마지막까지 이어갈 용기가 없었다는 무능력에 대한 증거일 뿐. 이룰 수 없는 사랑은 없다. 다만 우리가 포기했을 뿐. 그 사실을 나는 숨길 수 없다. 나는 열패감에 빠진다.

서약

당신이 좋아졌어요. 저의 애인이 되어주시겠어요?라고 그 여자는 어느 날 내게 고백한다. 나는 그 여자의 아름답고 선한 눈을 바라본다. 그 눈 안에 가득한 나에 대한 애착을 확인한다. 그러면서 그 애착이 나의 것이기도 하다는 걸 부정하지 못한다. 그럴까요, 우리 애인이 될까요, 라고 나는 순간 고백하고 싶어진다. 그러다가 갑자기 부끄러워진다. 언젠가 당신에게 내가 맹세했었던 충성 서약: "나는 결코 당신 곁을 떠나지 않을 거예요. 죽을 때까지 지금처럼 당신을 만지며 사랑할 거예요."

미안해요, 라고 나는 그녀에게 말한다. 저는 이미 충성 서약을 했어요. 그 사람이 아니라 나 자신에게. 그 사람의 가슴이 아니라 내 가슴에 손을 얹고. 그 손을 나는 뗄 수가 없군요. 그 손이 나의 가슴을 떠나려 하지 않는군요……

후회

후회에는 두 가지가 있다. 하나는 과거에 대한 후회. 사랑의
시간 안에서 이루지 못했던 것들에 대한 아쉬움. 또는 그의
마음을 다치게 했던 일들에 대한 후회. 그러나 또 하나의 후
회가 있다. 그건 헤어진 뒤의 후회다.

나는 며칠 사이 마음이 편했다. 사람들과 어울리는 일도 힘
들지 않고 잠도 잘 잘 수 있었다. 그러면서 나는 생각했다.
아, 이제 낫는구나. 아, 이제 일상으로 돌아갈 수 있겠구나.
그러나 오늘 아침 나는 더 깊은 우울에 다시 빠진다. 그건
부끄러움 때문이다. 나는 이제야 깨닫는다, 내가 그동안 편
했던 건 너를 나로부터 추방했기 때문이라는 걸. 나는 그 사
실을 용서할 수가 없다. 더욱이 나의 밖으로 쫓겨나 길 위에
서 떨고 있는, 갈 곳을 모르고 서성이는 네 모습이 떠오르면,
나는 차라리 나를 죽이고 싶다. 어떻게 그럴 수가 있었는지,
나는 내가 너무 증오스럽다.

그러면서 나는 또 깨닫는다. 모든 것이 이런 것 때문이라고 나는 그와 함께 있는 동안에도 사실은 늘 그랬었다고, 나는 그를 때로 나의 밖으로 추방하곤 했었다고…… 그것이 나의 에고였다고. 그 에고가 너를 너무 아프게 했었다고, 그래서 너는 나를 떠날 수밖에 없었다고……

꿈

헤어진 뒤에 나는 매일 밤 당신의 꿈을 꾼다. 꿈속으로 당신을 부르면 당신이 나를 찾아온다(그토록 간절히 원해도 만나주지 않는 현실의 당신이건만). 하지만 당신은 모르는 사람처럼 나를 지나쳐간다. 마치 당신이 통과하는 열차이고 내가 통과되는 정거장인 것처럼. 그리고 마침내 당신이 사라지면 나는 잠에서 깨어난다.

깨어나면 나는 무덤 속에서 나온 것 같다. 아, 그래, 꿈은 무덤으로 가는 길이야, 나는 문득 깨닫는다. 중얼거린다. 꿈을 꾸는 건 무덤 속으로 내려가서 당신을 만나고 돌아오는 거야. 무덤은 죽은 사람이 누운 곳이 아니야. 거기는 사랑하는 사람이 이사 가서 살아 있는 곳이야. 그래서 야콥 타우베스도 말했어: 진정한 사랑은 무덤 속에서도 멈추지 않는다고, 누군가를 진정으로 사랑하는 사람은 그 사람이 썩고 썩어 완전한 부재가 될 때까지 사랑을 멈추지 않는다고('백골이 진토되어 넋마저 사라질 때까지').

누군가를 진정으로 사랑하는 사람은 그 사람이 썩어서 없어질 때까지 사랑한다고 야콥 타우베스는 말한다. 그러니까 무덤은 죽은 사람이 누운 곳이 아니라고, 무덤 속에서도 사랑은 멈추지 않는다고 말한다. 사랑하는 사람들은 육체가 먼지가 될 때까지 사랑을 멈출 수 없다. 그들은 죽은 사람까지도, 무덤 속에 누워 있는 그 사람의 죽은 육체까지도 사랑한다.

(사랑하는 사람들은 무덤 속에서 만난다. 그래서 꿈을 꾼다. 꿈속에서 그 사람이 찾아온다는 건 그가 나를 무덤 속으로 부르기 때문이다. 그 사람을 꿈꾼다는 건 그 사람이 부르는 소리를 듣고 무덤 속으로 내려간다는 것이다. 에우리디케를 찾아 하데스로 내려가는 오르페우스처럼.)

그러나 꿈은 깬다(깨어난다는 건 꿈의 운명이다. 사랑을 모르는 이들에게는 축복의 운명이지만 이별의 주체에게는 치명적 운명).

꿈을 깬다는 건 무덤 밖으로, 하데스 밖으로 나온다는 것이다. 물론 나는 알고 있다, 나 또한 꿈에서 깨어야 한다는 걸, 나는 오르페우스나 오디세우스가 될 수밖에 없다는 걸. 에우리디케를 놓쳐버리고 혼자 세상으로 돌아온 오르페우스(오르페우스는 정말 자기도 모르게 에우리디케를 돌아보았을까), 아픈 가슴을 부여안고 하데스를 벗어 나와야 했던 오디세우스처럼 꿈에서 산 자의 현실로 돌아와야만 한다는 걸.

그러나 나는 또 안다. 나는, 더 깊은 곳의 나는, 이별의 주체인 나는, 오르페우스도 오디세우스도 되려 하지 않는다는 걸. 나는 차라리 꿈에서 깨어나기를 원하지 않는다. 그래서 나는 꿈에서 깨어서도 꼼짝도 않고 깨어난 자세 그대로(뒤척이는 건 꿈속의 신체를 떼어내려는, 하데스에서 벗어나려는, 현실 안으로 깨어나려는 무의식적 의도이다) 꿈 밖으로 나오지 않는다. 다시 꿈속으로, 무덤 속으로 들어가려고 한다, 거기에서 그 사람 곁에 누우려고 한다. 마르셀의 어머니처럼. 돌무덤

으로 걸어가는 안티고네처럼: "오 돌무덤이여, 나의 신혼방
이여, 나는 여기에서 그대 곁에 눕는다……"

꿈에서 깨어나면 너무나 가슴이 아프다. 나는 그 아픔을 기
쁨으로 포옹한다. 그 아픔이 있을 때, 당신이 꿈의 무덤 속에
서 있을 때, 나는 또 그 부재의 땅으로 내려가 지나가는 당
신을 빈 정거장처럼 만날 수 있으니까.

추억

아, 세월이여, 라고 프루스트는 한탄한다. "오, 세월이여, 거리도, 집도, 얼굴도, 기쁨도, 슬픔도 모두가 사라졌구나." 맞다. 모든 것들은 세월이 데려간다. 과거가 된다. 그리고 과거는 환(幻)이 된다. 그때도, 그때의 나도 당신도 환이 된다.

그렇게 추억이 태어난다. 추억은 하나의 세계다. 추억의 세계 안에 이별 이후의 너는 없다. 이별 이전의 너만이 그 안에 있다. 나는 그 과거의 시간을 꼭 껴안고, 그 안의 너를 꼭 붙든다. 그리고 돌아서서 그 시간의 문을 닫는다. 아무도 입장시키지 않는다. 너마저도, 그 이후의 너마저도 나는 입장을 금지시킨다. 너만이 아니다. 나마저도, 지금의 나마저도 입장시키지 않는다. 그래서 그 추억의 시간 안에는 이전의 너와 나만이 있다. 지금 여기서 추억하는 나는 그 추억의 공간 외부에 있다. 추억을 할 때마다 외로운 건 그렇게 굳게 닫힌 추억의 문 때문이다. 그러면 나는 추억 앞에서 무엇을 할 수 있는가. 내가 할 수 있는 건 하나뿐이다. 나는 이 추억의 공간을 손수건으로 싼다. 그리고 슈베르트처럼 보리수 밑으로 간다. 혹은 버지니아 울프처럼 느릅나무 밑으로 간다……

통점

"나는 애통해요"

프루스트는 켈트족의 전설에 대해서 말한다. 우리가 사랑
했지만 죽은 사람들은 사라지는 것이 아니라 영혼이 되어
우리 주변 곳곳에서 함께 산다고. 돌 속에, 나무 속에, 풀과
꽃 속에 살면서 우리의 이름을 부르고 있다고. 그러나 우리
는 슬픔에 잠겨 그 소리를 듣지 못한 채 그 곁을 지나치기만
한다고. 그러다가 어느 순간, 어느 계기가 있어, 우리는 그들
이 부르는 소리를 듣고 그러면 그들은 다시 돌아와 우리와
영원히 함께 산다고.

그러나 두 번 다시 해후할 수 없는 이별도 있다. 그때 추억
은 매복한다. 그러다가 갑자기 우리를 습격한다. 어느 거리,
어느 장소, 어느 소리, 어느 물건 속에 숨어 있다가 급습한
다. 그리고 육체의 어느 한 곳에 적중한다. 우리는 고통으로
허리를 굽히고 쓰러진다.

적중당하는 육체의 부분은 저마다 다르다. 통점도 저마다

다르다. 누군가는 가슴을 움켜쥔다. 누군가는 편두통이 오고 누군가는 어금니가 아프다. 그러면 나는? 나는 몸속의 한 곳에 매듭이 묶인다. 가슴이 아니라 창자들이 있는 어느 한 곳이 질식당하는 목처럼 졸린다. 추억의 아픔은 나에게 창자가 단단한 매듭으로 꼬이는 통증이다.

사랑이 끝나면 그 사람은 분열한다. 세 사람이 된다. 과거 속의 그 사람과 현재 속의 그 사람. 이 두 사람은 그러나 이제 나의 타인들이다. 과거 속의 그 사람은 지금의 나와 아무 상관이 없고, 현재의 그 사람도 이제는 나와 상관이 없어졌다. 그러나 또 한 사람이 있다. 그건 내 배 속의 그 사람이다.

사랑이란 뭘까? 그건 자기도 모르게 내가 그 사람의 몸속으로 들어가고, 그 사람이 나의 몸속으로 들어오는 일이다. 서로가 서로의 몸속에서 하나의 장기가 되는 일이다. 그래서 그 사람은 떠나도 내 몸의 장기가 된 그 사람은 여전히 내

배 속에 남는다. 그 사람은 사랑이 끝났어도 나의 타인이 아니다. 내 몸속에서 살아가는 장기, 숨 쉴 때마다, 먹을 때마다 내 몸속에서 살아 움직이는 내 유기체의 한 부분이므로 추억의 습격이 적중하는 지점은 이 지점이다. 매듭이 맺어지는 장소는 바로 이 장기이다. 습격당하는 아픔, 그건 몸속에서 장기가 꼬이는 아픔이다. 그때 나는 바르트를 이해한다: "나는 그 사람이 아파요."∘

또 프루스트를 이해한다. 죽을 것 같은 심장 발작의 고통 속에서 다시 찾아온 할머니의 생생한 귀환 앞에서 그는 고백한다: "그러나 나는 안다. 돌아가신 할머니의 귀환은 내 심장의 아픔과 하나라는 걸. 그래서 나는 견딜 수 없는 내 심장의 고통이 사라지지 않기를 바란다. 아니, 차라리 그 고통이 내 몸에 못 박히기를 원한다. 그래야 시금지럼 그리운 할

∘ 롤랑 바르트, 《사랑의 단상》

머니를 내 안에 간직할 수 있을 테니까."○○

나 또한 그렇다. 나도 추억의 통점이 내 몸속에 더 깊이 못
박히기를 바란다. 그 통점은 나의 장기가 되어 내 안에 살고
있는 그 사람이니까. 그 통점이 사라지면 그 사람도 영원히
나와 상관없는 부재의 존재가 되고 말 테니까.

○○ 마르셀 프루스트,《마음의 간헐》

잔인한 침묵

"당신의 침묵 앞에서 나는 서서히 미쳐가고 있어요"

이별 뒤에는 말들이 사라진다. 말들이 있던 자리가 텅 비어 침묵의 진공이 된다('저 우주의 진공이 나를 두렵게 한다'°). 나는 실어증 환자가 된다. 나는 말을 잃는다. 말하기가 힘들어진다. 이런저런 일들, 이런저런 사람들과 만나서 말하는 일이 너무 힘들어진다. 어느 때는 억지로 말을 하다가 그만 구토를 느끼기도 한다. 야누스의 구토. 그건 말하기가 너무 역겹기 때문이다. 하지만 그건 또 너무 말을 하고 싶기 때문이다. 나의 침묵은 내 안에 말들이 없어서가 아니다. 오히려 내가 온통 말들이기 때문이다. 나는 이 말들의 총합이다. 소리가 되지 못하는 말들, 침묵의 형벌에 처해진 말들, 저주받은 말들, 밖으로 터져 나오려는 말들, 이 말들은 어떻게 말할 수 있을까. 그건 구토뿐이다.

○ 파스칼,《팡세》

침묵

이별 뒤의 침묵은 둘이다. 나의 침묵과 그 사람의 침묵. 나의 침묵은 당장이라도 터질 것처럼 포화 상태다. 나는 그 사람에게 말하고 싶다. 전화를 걸고 싶고, 문자를 보내고 싶고, 메일을 전하고 싶다. 그러나 나는 그 말들에게 스스로 금기를 내린다. 안 돼, 그러면 안 돼, 그건 너의 약속을 배반하는 거야, 그건 그 사람을 더 아프게 할 뿐이야……

하지만 또 하나의 침묵이 있다. 그건 그 사람의 침묵이다. 그 사람이 닫아버린 침묵의 문 앞에서 나는 나의 침묵을 부둥켜안고 나날이 서성인다. 혹시 전화가 오지 않을까, 문자가 날아들지 않을까…… 하지만 나의 침묵이 열리지 않는 것처럼 그 사람의 침묵도 열리지 않는다. 그리하여 나는 단 하나 허락된 말하기를 배운다. 그건 모놀로그다. 잘 지내나요, 아무 일 없나요, 아프지는 않나요, 내가 보고 싶지는 않나요, 난 너무 보고 싶어요…… 집에서, 차 안에서, 거리에서, 카페에서, 나는 자주 그 사람의 침묵을 향해 혼자 중얼거린다.

한트케의 왼손잡이 여인 마리안느처럼: "요즈음 사람들이 그러더라, 마리안느. 거리에서 혼자 중얼거리는 네 모습을 보았다고, 네가 서서히 미쳐가는 것 같다고……"○

혼자 중얼거리는 내가 마리안느라면 그 사람은 누굴까. 결코 소식을 전하지 않는, 전화도 문자도 없이 차가운 침묵 속에 파묻힌 그 사람은 누굴까. 제롬을 사랑하는 알리사는 침묵한다. 일체의 말들을 일기 안에 가두어놓는다. 그리고 마침내 침묵보다 더 깊은 죽음의 침묵 속으로 사라져버린다. 제롬은 수없는 편지에도 대답 없는 알리사의 침묵을 사랑의 거절로만 이해한다. 그리고 그도 침묵한다. 오랜 세월이 지나서야 그는 알리사가 남긴 일기 안에서 그녀의 침묵이 사랑의 잔인한 고백이었음을 비로소 깨닫는다. 그렇게 그는 알리사를 다시 사랑하기 시작한다: "그대의 사랑이 시용

○ 페터 한트케, 《왼손잡이 여인》

했던 침묵의 술책과 잔인한 고백의 수법에서 그대 사랑의
힘을 헤아릴 수 있게 된 지금, 지난날 그대가 나에게 침묵으
로 그토록 가혹한 슬픔을 주었던 그만큼이나 이제는 내가
그대를 더 사랑하는 일이 마땅치 않을까……"∞

나는 비로소 깨닫는다. 알리사처럼 그 사람의 침묵은 침묵
이 아니라는 걸. 알리사가 제롬에게 그렇게 했던 것처럼, 그
사람은 침묵이라는 '잔인한 수법'으로 속삭이고 있다는 걸,
지난날 그랬듯이 지금도, 아주 작은 목소리로 사랑해요, 라
고 고백하고 있다는 걸(언제나 너무 낮고 작아서 잘 들리지 않았
던 사랑해요, 라는 목소리. 나는 때로 되묻곤 했었다: 뭐라고요? 뭐라
고 했나요?).

나는 제롬처럼 어리석음에서 깨어난다, 오해의 침묵에서

∞ 앙드레 지드,《좁은 문》

깨어난다. 뒤늦은 각성으로 그 사람의 침묵을 껴안는다. 투신하는 사람처럼 그 침묵 속으로 나를 내던진다. 침묵으로, 큰 소리로, 혼자 외친다. 사랑해요, 너무 사랑해요, 라고……

추위

"나는 훌쩍이며 울고 있어요"

어느 때 나는 갑자기 추위를 느낀다, 갑자기 감기라도 든 것처럼. 하지만 감기는 아니다. 감기는 찬 바람이 몸 안으로 들어오는 추위다. 그런데 지금 내가 느끼는 추위는 몸 안에서 온기들이 빠져나가는 한기다. 빠져나가는 온기는, 감기 같은 추위는, 이미지가 되어 작은 구멍으로 떠오른다. 나는 몸 어딘가에 작은 구멍이 생긴 것만 같다. 그 구멍으로 몸의 온기들이 서서히 새어나가는 것만 같다.

그러면 무언가가 바람처럼 몸 안에서 조금씩 빠져나가는 소리가 들린다. 공기들이, 수분들이, 생각들이, 의지들이, 약속들이, 계획들이……

나는 허리를 구부리거나 팔꿈치를 무릎에 세우고 점점 텅 빈 진공이 되어가는 나의 육체를 헛되이 지키려고 한다. 구멍을 막아보려고 한다. 하지만 소용이 없다. 나는 점점 더 텅텅 비어간다. 서서히, 속절없이, 거푸집이 되어간다.

그리고 마침내 텅 빈 몸속에서, 마치 마지막 공기가 새어나가는 소리처럼, 나는 혼자 중얼거리는 소리를 듣는다: "무언가를 잃어버린 것 같아요. 그런 느낌을 막을 수가 없어요."

마지막 말은 환유처럼 확장한다. 몸속에서 부풀고 번진다. 이번에는 텅 비었던 온몸이 차오르기 시작한다. 몸속에 가득 차는 건 하지만 말들이, 단어들이, 문장들이 아니다. 그건 눈물들이다. 나는 울고 싶어진다. 눈물들을 모두 누설하고 싶어진다. 그러나 소리 없이, 혼자 훌쩍이면서…… 그러면서 새삼스레 깨닫는다. 나는 그만 당신을 잃어버리고 말았다는 걸, 마치 이별 같은 건 아직 없는 것처럼, 지금 여기에서 당신과 아프게 이별하는 것처럼……

돌아오는 거리에서 한 남자가 길을 막는다. 그 사람의 얼굴은 하얗게 질려 있다. 전단지 한 장을 받는다. 귀여운 아이의 사진. 그 위에 까만 고딕체: "제발 연락해주세요……" 벌써 오래전에 실종된 아이가 나를 바라본다. 나는 아이의 얼굴을 오래 들여다본다. 그러다가 내가 잃어버린 것이 무엇인지를 놀라면서 확인한다. 그래, 나는 그 사람과 두 번 이별하는 것이다. 두 번 그 사람을 잃어버리는 것이다. 처음에는 애인인 그 사람을, 내 욕망의 대상인 사람을. 그러나 그때에는 그래도 참을 수 있었다, 잘 견딜 수 있었다. 그런데 지금 나는 또 하나의 그 사람을 잃어버린 것이다. 그건 애인인 그 사람이 아니다. 그건 나의 아이인 그 사람이다. 오랜 세월 애지중지했던 사람, 욕망이 아니라 다만 아끼는 마음으로 보고 안고 쓰다듬었던 그 사람, 나의 아이처럼 보살피고 돌보았던 그 사람—그 귀여운 사람, 나의 귀한 아이였던 그 사람—을, 지금 나는 그만 되돌릴 수 없이 잃어버린 것이다.

그리하여 나는 또 훌쩍인다, 소리 없이, 아이를 잃어버린 아빠처럼.

스탕달: "누군가를 진정으로 사랑하면 우리는 그만 혼자 훌

쩍이며 울고 만다."

오래전에 당신이 했던 말: "우리는 참 아이들 같아요……"

포옹

"나는 나를 꼭 껴안아요"

때로 나는 나를 껴안는다. 꼭 껴안는다. 너를 껴안듯이.

사랑은 그 사람이, 나의 오직 한 사람인 그 사람이, 그러나 두 사람이 되는 일이다. 내가 너를 사랑하는 사이 너는 두 존재로 세포분열을 한다. 네 부모의 혈통으로 태어난 너와 나에 의해서 태어난, 사랑하면서 내가 만든 또 하나의 너. 내가 너를 사랑하는 건 누군가의 혈통인 너를 사랑하면서 내가 만든 너를 사랑하는 일이다. 사랑한다는 건 그 두 존재를 구별할 수 없다는 것이다. 너는 내가 만든 네가 있어 내게 있고, 내가 만든 너는 네가 있어 또한 존재하니까. 사랑의 기쁨은 그 두 존재가 모두 나의 것이라는 기쁨이다.

그러나 너는 떠나고, 그러면 너는 나로부터만 떠나는 게 아니다. 또 하나의 너, 내가 만든 너로부터도 너는 떠난다. 그리하여 네가 떠나고 나면 그 부재의 자리에 두 존재가 홀로 남겨진다. 나와 내가 만든 너. 모두가 너에게 소속된 두 존재였으나 지금은 네게서 버려진 두 존재, 너를 잃어버리고 저마다 외로워진 두 존재가 남는다. 네가 없는 부재의 자리에서 그렇게 우리는 둘이서만 만난다. 늘 함께 있었으면서도 네가 있을 때에는 너에게만 소속되어 한 번도 둘이서만 있어보지 못했던 두 존재가 처음으로 서로를 바라본다.

나는 나처럼 외로운 너를, 내가 만든 너를 꼭 껴안는다. 내가 만든 너도 나를 꼭 안아준다. 그렇게 너와의 새로운 사랑이 시작된다, 네가 떠난 뒤에는……

눈물

사랑은 두 번 눈물을 흘린다. 사랑하고 있을 때와 사랑이 끝났을 때. 그 사람 앞에서 흐르는 눈물과 그 사람의 부재 앞에서 흐르는 눈물. 그 사람 앞에서 울 때, 그 눈물은 기호다. 그 눈물 안에는 포즈가 있다: "보세요. 난 지금 이렇게 울고 있잖아요. 다 당신 때문이에요. 당신이 나빠요……" 사랑의 눈물은 갈 곳이 있다. 흘러서 그 사람에게로 도착하고 그러면 멈춘다. 그 사람이 같이 울어주거나 나를 안아주니까: "미안해요 나를 용서해요 이제 다시 아프게 하지 않겠어요"

그러나 눈물은 당신이 떠난 뒤에도 흐른다. 이때 눈물은 느닷없이 흐른다. 니체가 말하는 '때 없음(das Unzeitgemaesse)'의 사건처럼. 이 눈물에는 기호도 포즈도 없다. 보여줄 사람도, 보아줄 사람도 없으므로 도착할 곳이 없다. 그래서 부재의 눈물은 멈출 수가 없다. 흐르고 또 흐르기만 하다가 결국, 하회의 물길처럼, 다시 나에게로 돌아와 고인다. 눈물을 흘릴수록 나는 비워지는 게 아니라 자꾸만 차올라서 마침내 눈물의 수조가 된다("대동강은 언제나 마를까, 이렇게 나날이 눈물이 더하니……"○). 눈물은 더 흐르고 수조는 넘치고 나는 뗏목이 되어 넘쳐서 흐르는 눈물의 물길을 정처 없이 떠내려간다. 어딘지 모르는 곳으로, 그 사람이 있는 곳으로, 그 사람이 없는 곳으로, 그 사람이 있어야만 하는 곳으로……

토마스 핀천: "도착적인 놀라움으로 그림 앞에(레메디오스 바로,《지구의 덮개를 수놓으며》, 1961) 서 있다가 외디파는 울기 시작했다. 짙은 선글라스를 쓰고 있어서 아무도 그녀가 우는 걸 알 수 없었다. 선글라스는 단단하게 조여 있어서 흐르는 눈물들이 그 안에 모두 고이면 바다가 될 것 같았다. 외디파는 그 슬픔을 영원히 간직하고 싶었다. 울고 또 우는 사이에 알지 못했던 세상의 징후들이 눈에 보이는 것 같았다. 그녀는 그 특별한 눈물을 통해서 굴절된 세상을 보고 싶었다." ∞

○ 정지상. 〈송인〉
∞《제49호 품목의 경매》

분노

"다 소용없어, 당신마저도……"

어느 때는 나의 슬픔도, 그 사람마저도 다 우스워진다, 다 쓸데없어진다. 그 사람에 대한 지극한 그리움도, 그 사람에게 주었던 나의 모든 사랑도 다 거짓말이 된다. 시간 위에 지어지는 모든 것들의 허망함. 파스칼이 말하는 저 '인간의 근원적 비참함'만이 남는다. 그러나 그 비참함에의 각성이 나를 시간의 본질로 돌아가게 한다. 저 텅 빈 시간 속으로.

바르트는 바쇼를 인용한다: "우리는 오랫동안 지극한 적막 속에 앉아 있었다." 그리고 그 적막의 순간 안에서 사토리의 순간을 만난다: "사토리의 순간을 만난 것 같은 느낌. 온화하고 행복한 마음. 이제는 슬픔이 사라진 것처럼. 사라지지 않고 깊어진 것처럼. '나를 다시 찾은 것처럼.'"

그러나 나를 다시 찾아도 나의 슬픔은 무너지지 않는다. 그냥 그대로 석고상처럼, 화석처럼, 그 자리에 있다. 시간은 나의 슬픔을 실어 가는 것이 아니라 나의 슬픔 곁을 지나쳐간

다. 마치 파도들이 암초를 지나가도 암초는 남듯이. 그리하
여 시간이 증명하는 건 시간이 아니다. 그건 슬픔이다. 사토
리는 슬픔이다.

미련

그 찻집에 간다. 어쩌면 그 사람이 있을지도 모른다는 기대를 안고서, 두려움을 안고서. 불가능한 사랑은 기다림을 두려움으로 만든다. 그 사람을 만나고 싶다, 하지만 나는 알고 있다, 만나도 재회는 없다는 걸, 그래서 만나면 아픔만이 또 남게 되리라는 걸…… 나는 기다리면서도 두려워한다.

모든 것이 변하지 않았다. 인사하는 주인도, 흐르는 음악도, 인테리어도, 커피 끓이는 소리도, 늘 그 사람이 앉곤 했던 그 의자도. 커피를 앞에 놓고 거리를 바라본다. 갑자기 모습을 보이던 삼거리 그 모퉁이에서 그 사람이 그렇게 갑자기 나타날 것만 같다. 그러나 삼거리 어느 쪽에서도 그 사람은 나타나지 않는다.

공간은 미련을 갖지 않는다. 시간도 미련을 갖지 않는다. 그러나 나의 육체는 미련을 떠나지 못한다. 그래서 다 끝난 거야, 내일을 생각해야지, 라고 나는 말해도, 나의 육체는 미련

을 버리지 못한다. 육체는 미래를 모른다. 감각 덩어리인 육
체는 자기가 만지고 냄새 맡고 보았던 것만을 알고 있다. 그
래서 육체는 그리움을 버리지 못한다. 자기가 알고 있는 것
이 그것들뿐이므로……

그리하여 나는 깨닫는다, 사라진 그 사람을 여전히 간직하
는 건 나의 육체뿐이라는 걸. 시간에 의해서 순간순간 낡아
가면서도 그러나 육체는 앞으로만 가는 시간을 거꾸로 걸
어간다는 걸. 과거로, 그 사람이 있었던 시간으로, 그 사람이
있었던 공간으로 돌아갈 수밖에 없다는 걸. 아무리 설득해
도 나의 육체는 말을 듣지 않는다는 걸, 아무리 설득해도 말
을 듣지 않고 울기만 하는 고집 센 아이처럼……

약속

우리 만나요, 라고 나는 그 사람과 약속한다. 그리고 그 시간 그 장소로 간다. 그러면 그 사람이 그때 거기에 있다. 이건 기적이다. 기적이란 뭔가? 그건 약속과 실현의 동시성이다. 기적 안에서 약속과 실현은 동어반복이다. 약속은 곧 실현 이니까. 그래서 예수가 '일어나라' 약속하면 절름발이가 일 어나고, '눈 떠라' 약속하면 장님이 눈을 뜬다. 심지어 '나사 로야, 일어나서 나와라' 약속하면 죽은 자도 깨어나 돌무덤 밖으로 나온다. 사랑의 황홀함은 약속의 황홀함이다. 약속 하고 가면 그 시간 그 장소에 그 약속이 실현되어 있다. 그 사람의 눈이, 손이, 목소리가 기적처럼 정말 거기에 있다. 나 는 그저 말로 약속을 했을 뿐이건만……

약속의 기적이 말로만 이루어지는 건 아니다. 기적은 침묵 으로도 이루어진다. 지바고는 A 지방으로 간다. 그전에 그 는 라라와 야전병원에서 헤어졌다. 어느 날 지바고는 그 지 방의 작은 도서관을 찾아간다. 그런데 그사이 라라도 그곳의 그 도서관으로 와서 사서로 일한다. 헤어지면서 그들은 다시 만나자고 말로 약속하지 않았다. 그들의 사랑은 금지된 사랑이었으니까. 다시 만나서는 안 되는 불가능한 사랑이었으니까. 하지만 정말 약속이 없었을까. 다림질하던 라라는 셔츠를 태우고, 떠나는 지바고는 라라가 보이지 않는 창문을 한 번 더 돌아본다. 그렇게 두 사람은 서로에게 말없이 약속했었다. 우리 다시 만나요, 라고. 그 약속이 A 지방의 작은 도서관에서 실현된다. 약속은 기적이 되어 두 사람은 다시 만난다. 라라는 이 기적의 황홀함에 도취돼서 어쩔 줄 모른다: "아니, 어떻게 여기로 온 거예요?" "말했잖아요, 어쩌다 여기에 집을 얻을 수 있었다고." "아니, 그래도요, 그래도 어떻게 하필이면 여기로 온 거예요?"○

이별의 아픔은 그 사람과 헤어지는 아픔만이 아니다. 그건

○ 보리스 파스테르나크 《의사 지바고》

약속의 기적이 깨지는 아픔, 약속과 실현이 해리되는 아픔이다. 그 아픔 속에서 나는 깨닫는다. 기적은 신의 아들에게만 가능한 것이라는 걸, 내가 기적이라 믿었던 약속과 실현의 접착제 안에는 그 둘을 떼어내는 해리제의 성분이 이미 섞여 있었다는 걸. 그리하여 그 사람과 나는 마치 단단하게 제본된 한 권의 책과 같았다는 걸. 아무리 강력한 접착제로 제본된 책도 서서히 페이지들이 떨어지고 마는 것처럼, 그 사람과 나도 그렇게 서로 해리되는 일을 피할 수 없었다는 걸. 그 책 안에 우리가 써넣었던 모든 약속들, 모든 의미들, 모든 고백들, 모든 확인들은 기적의 언어들이 아니라 다만 문자들의 언어들이었다는 걸. 그리고 문자는 언젠가는 먼지가 되고 만다는 걸. 문자는 그저 그때 거기에서 한 번 빛나고 스러지고 꺼지는 명멸의 진실이었다는 걸.

사랑이 끝나면 약속은 사라지는가? 실현과 헤어지면 약속도 끝나는가? 아니다. 그래도 약속은 남는다. 그 사람은 떠낮아도, 실현은 불가능해도, 나는 약속을 간직한다(어느 때는 혼자 약속하고 그때 거기로 가서 빈 의자와 마주 앉았다 돌아오기도 한다. 돌아오면서 나는 스스로를 비웃는다, 이 바보야, 라고). 내가 약속을 버리지 못하는 건 애착이나 욕망 때문이 아니다. 두려움 때문이다. 약속마저 버리면 그 사람도 완전히 타인이 되고 말까 봐 두렵기 때문이다. 하지만 텅 빈 약속을 껴안고 사는 건 너무 절망적이다. 그 약속의 공허를 견딜 수가 없다. 그래서 나는 날아간 연 끈처럼 남아 있는 실현이 버리고 간 약속의 실을 실현의 대체물과 연결한다. 그것이 희망이다. 그 사람이 완전히 떠나지 않았다는, 돌아올지도 모른다는, 실현이 불가능한 게 아니라 잠시 연기되었을 뿐이라는 희망.

이 희망은 이중적이다. 하나는 카프카의 희망이다. "그럼 세상에는 희망이 없다는 건가?" 브로트가 물었을 때, 카프카는 대답했다: "아니, 세상은 희망들로 가득하지. 그렇지만 그 희망들은 우리들을 [나를] 위한 것이 아니라네." 하지만 나의 희망은 동시에 안드레아 피사노의 '희망(Spes)'이다. 피렌체의 돔 성당에서 피사노의 천사는 손을 길게 뻗고 있다. 바로 손 앞에 은총의 과일이 있지만 끝내 손은 닿지 않는다. 그 너무도 가까운 그러나 닿을 수 없는 넓. 그런데 천사의 겨드랑에는 빛나는 날개가 달려 있다. 실현될 수 없어도, 아니 실현될 수 없으므로 빛나는 날개, 그것이 희망이다.

나는 약속을 꼭 껴안는다. 희망을 꼭 껴안는다. 그러면서 날개를 파닥인다.

기적은 사라져도 날개는 남는다.
연이 사라져도 실 끝은 남고 실마저 사라져도 손의 흔적은 남듯이.
있었던 것들은 흔적을 남긴다. 나는 그 흔적을 꼭 붙든다.

화장

사랑이 끝나도, 그 사람은 오지 않아도, 계절은 다시 온다.

어느 봄날, 나는 갑자기 기쁨으로 들뜬다. 한 줌의 햇빛, 귀
밑머리를 간질이는 상냥한 바람, 지나가는 여자의 향수 냄
새가 예기치 않은 기쁨으로 나의 몸을 감싼다. 문득 쇼윈도
에 비추인 나를 바라본다. 그리고 결심한다. 그래, 예쁜 옷을
사고 싶어…… 나는 백화점으로 상점으로 간다. 서성이다
가 계절상품들 사이에서 옷 하나를 발견한다. 푸른빛 재킷
혹은 갈색 카디건. 옷을 들고 탈의실로 들어간다. 옷을 갈아
입고 거울 앞에 선다. 그 사람의 목소리: "너무 예뻐요. 너무
귀여워요."

그래, 돌연한 기쁨은 햇빛 때문이 아니었다. 부드러운 바람
도, 지나가며 스치는 향기도 그 이유가 아니었다. 그건 그 사
람의 목소리 때문이었다. 새 옷을 입고 나타나면 아이처럼
놀라면서 칭찬해주던 목소리: 당신은 정말 내 맘에 꼭 들어

요. 안아주고 싶어요 언젠가는 때마침 경찰서 앞이어서 소리를 낮추고 속삭이던 그 사람: "여기서 뽀뽀하면 잡아가나요?"

옷을 사고 싶은 기쁨은 그 사람에게 칭찬받고 싶은 기쁨이다. 그 사람을 위해서 예쁘게 화장하고 싶은 기쁨이다. 그런데 나는 왜 화장을 하고 싶은 걸까. 화장을 해서 나를 무엇으로 만들고 싶은 걸까. 바르트는 말한다:

"나를 열광케 하는 만남을 위해서 나는 정성스럽게 화장을 한다. 그런데 화장(toilette)이란 단어는 우아한 뜻만을 가진 것이 아니다. 화장실은 배설물을 버리는 곳이란 뜻 말고도, '사형수를 교수대로 데려가기 전에 치장하는 마무리 작업', 또는 '푸줏간에서 고기 토막을 싸기 위해 사용하는 기름지고 투명한 종이'를 의미한다. 화장에 속하는 모든 행위 끝에는, 이미 화장의 흥분이 미리 말해주듯이, 제물과도 비슷한, 방부제를 사용하고 유약을 발라 아름답게 꾸며진 시신이

있다. 그렇게 나는 옷을 입으면서 나를 제물로 만든다."°

새 옷을 사려는 기쁨은, 나를 예쁘게 꾸미려는 기쁨은, 나를
그 사람에게 제물로 바치고 싶은 기쁨이다. 나는 그 사람에
게 나의 육체를, 육체 안의 마음을, 마음 안의 영혼을, 그러
니까 나의 몸 모두를, 정결하고 고운 수의처럼, 새 옷 안에
곱게 싸서 바치고 싶은 것이다. 가장 아름다운 모습으로, 생
생하게 살아 있는 그 자체로.

희생 제의를 치르는 아즈텍의 사제들은 제물이 두려워하고
반항하면 로토파겐을 먹였다. 제물은 환각에 빠졌고 도취
와 흥분 속에서 아무런 저항 없이 높은 사원의 돌계단을 올
라가서 제단 위에 누웠다. 나도 그런 도취에 빠지려는 걸까.
새 옷이 로토파겐인 걸까. 하지만 나는 로도파센이 필요 없

° 《사랑의 단상》

064

다. 나는 두려워하지도 저항하지도 않으니까. 나는 저항할
이유가 없으니까. 나는 즐거운 제물이니까.

그러나 거울 속의 나를 보면서, 이쁜 옷을 입은 나를 보면서,
나는 또 한 명의 제물을 생각한다. 신이 원하지 않는 제물,
버려진 제물. 그러나 신에게 바쳐지려는 열망으로 온몸이 뜨
겁게 달아오르는 선택되지 않은 제물. 신이 부재하는 제물.

토마스 만: "사랑하는 사람은 누구나 그렇듯이 그도 호감을
얻기 원했으며, 그러지 못할까 봐 몹시 두려웠다. 그는 자기
양복에다 젊어 보이도록 가벼운 액세서리와 보석을 달고
향수를 뿌리면서, 하루에도 여러 번씩 화장을 하면서 많은
시간을 보낸 다음, 흥분된 마음으로 레스토랑을 가서 식탁
에 앉았다. 그러나 그를 매혹시킨 그 귀여운 소년과 얼굴을
마주쳤을 때, 그는 자신의 늙어가는 육체가 역겨워져서 수
치심과 절망감에 빠지고 말았다. 그는 자기의 육체가 다시

활기를 얻을 수 있도록 치장하고 싶은 충동을 느꼈다. 그래서 그는 호텔 이발소를 찾아갔다 (…) 이발사는 부산을 떨면서 이 손질 저 손질을 차례로 해나가기 시작했다. 아셴바하는 편안하게 앉아서 거울 속으로 자신을 바라보았다. 그의 눈썹은 보다 뚜렷하고 보다 고르게 둥그스름한 모양이 되었다. 눈꼬리도 조금 길게 되었다. 눈두덩에는 아이섀도를 살짝 발라서 눈빛이 한결 돋보였다. 갈색 가죽처럼 혈색이 나쁘던 피부는 연한 볼 연지를 발라 생기가 돌았다. 핏기 없이 창백하던 입술은 발그스레한 딸기처럼 부풀어 올랐다. 뺨과 입 주위에 깊게 파인 고랑과 눈가의 주름살은 젊어지는 크림을 발라서 사라지고 없었다. 그는 심장의 고동을 느끼며 다시 피어나는 청춘을 바라보고 있었다. 이발사가 마지막 손질을 마치고 말했다. 이제 선생님은 아무 염려 없이 사랑에 빠지셔도 됩니다."○

○《베니스에서의 죽음》

나는 거울 안을 다시 바라본다. 옷을 벗는다. 탈의실을 나온
다. 점원이 놀라는 목소리로 말한다: "어머, 왜요? 너무 예쁘
시던데······"

부재

물론 나는 안다. 너의 얼굴을 다시는 볼 수 없다는 걸, 너의 목소리를 다시는 들을 수 없다는 걸. '……없다는 것', 그 부재를 나는 안다. 하지만 나는 그걸 이해할 수도 믿을 수도 없다. 느껴지지도, 붙잡히지도, 만져지지도 않는다. 엄연하고 엄중한 사실이건만, 나는 그걸 너무 분명하게 알건만.

비참함

"나는 운다"

어느 날 아침, 깨어나서 나는 운다. 아이처럼 훌쩍인다. 눈물이 흐르지만 왜인지 모른다. 종잡을 수 없는 생각들이 지나가지만 왜인지 모른다. 아도르노: "슈베르트를 들으면 눈물이 난다. 그러나 왜 눈물이 흐르는지 우리는 알지 못한다."○

아무것도 모르는 채 내가 아는 건 가엾음뿐이다. 나는 내가 가엾다. 그냥 살아가는 것이, 자고 깨어나고 일하고 사랑하고 아파하는 일들이 모두 가엾다. 이럴 때는 심지어 지금 네가 나의 베개 옆에 있어도 가엾음이 사라지지 않을 것 같다. 너의 포근한 숨소리를 들어도, 너의 머리카락 냄새를 맡아도, 눈물은 멈추지 않을 것 같다. 가엾어서, 그냥 사는 일이 가엾기만 해서. 그래서 그리스 사람들은 말했던 걸까: "세상에서 제일 슬픈 일은 사람으로 태어나는 일이다."∞

○《슈베르트》
∞ 그리스 속담

"생 속에는 본질적인 비참함이 있다"라고 파스칼은 말한다. "인간은 행복을 원하지만, 나중에 거두는 건 비참뿐"이며, 그래서 신의 구원이 필요하다고 말한다. 파스칼은 행복하다. 그에게는 장세니스트의 믿음과 확신이 있으니까(비록 우주의 침묵 앞에서 두려움으로 진율한다고 해도). 그러나 파스칼의 신이 있는 그 자리가 내게는 부재의 자리다. 그 부재의 자리 안에서 내가 보는 건 세월뿐이다. 모든 것들이 그 위에서 지어지지만 지어지면서 무너져 다시 텅 비는 세월. 모든 빛나는 것들, 모든 찬란한 것들, 모든 사랑하는 것들을 '되찾을 수 없음', '되돌릴 수 없음'으로 만드는 무보상성의 세월.

파스칼: "유전(流轉). 인간이 소유한 모든 것들이 덧없이 떠내려감을 느끼는 것은 끔찍한 일이다." 이 끔찍함 앞에서 나는 무엇을 할 수 있을까.

나는 아무것도 할 수 없다. 나는 더 비참해질 수 있을 뿐이다. 더 어리석어질 수 있을 뿐이다. 나는 깨닫기를 거부한다, 인정하기를 거부한다, 저항하기를 거부한다, 구원되기를 거부한다. 그 대신 나는 잊지 않는다. 모든 것을 추억한다. 세월의 한가운데에서, 부재의 자리 앞에서, 하염없이, 고집스럽게, 꼼짝도 않은 채 앉아 있다. 내가 너를 그토록 사랑했어도, 내가 너를 그토록 잊지 못해도, 그래도 아무런 소용이 없는 그 세월 앞에서, 저 되돌릴 수 없음이라는 생의 본질적 비참함 앞에서.

롤랑 바르트: "어느 힘들었던 저녁 파리 후 X는 말했다: 그는 자신의 약함을 인정하고 싶다고, 자신의 상처들에게 저항하고 싶지 않다고, 그러면서 그 약함의 인정을 통해서 또 하나의 힘, 또 다른 긍정의 힘을 얻어내고 싶다고……"

지나가도 사라지는 건 아니야, 라고 나는 말했었다. 너는 머리를 저으며 말했었다. 아니에요. 당신이 없다면 모든 게 사라질 뿐이에요, 라고.

그런데 거기에 무슨 차이가 있는 걸까.

꿈

이별 뒤에는 꿈을 꾼다. 뗏목처럼 잠 속으로 떠내려오는 꿈들. 꿈의 뗏목에는 대부분 당신이 실려 있다. 때로는 웃으면서 때로는 표정도 없이.

하지만 당신 대신 알 수 없는 물건이 떠내려오는 그런 꿈도 있다. 그리고 그 물건들 중에는 코트도 있다. 예컨대 이런 꿈—나는 밤 전철을 타고 어디론가 가다가 갑자기 깨닫는다(꿈속에서는 늘 이렇게 갑자기 깨닫는다). 내가 코트를 입고 있지 않다는 걸. 얼마 전에 새로 구입한, 주머니에는 귀중품이 들어 있는 새 코트를 어디선가 잃어버렸다는 걸. 나는 낙담하고 불안해진다. 열차가 정거하고 승강구를 나오다가 나는 또 갑자기 깨닫는다. 내가 코트를 입고 있다는 걸. 하지만 새 코트가 아니라 낡고 오래된 코트를. 그런데 주머니 안에 넣어본 손에 잡히는 게 있다. 꺼내어 보니 새 코트와 함께 잃었던 귀중품이다. 불안한 마음이 사라지고 나는 안도감에 젖는다. 역 밖으로 나간다. 캄캄한 밤. 가등도 없는 거리는 어둡고 길다. 차들이 다니는 길을 찾으려고 해도 밝은 길은 나타나지 않는다. 어디로 가야할지 서성이다 깨어났던 어젯밤의 코트 꿈……

깨어나서 나는 생각한다. 어쩌면 우리의 사랑은 코트와 귀중품의 사랑이었는지 모른다고. 나는 늘 낡은 코트를 입고 있었다. 그런데 어느 날 당신이 나의 코트 주머니 안으로 들어와서 빛나는 귀중품이 되었다. 나의 낡은 코트는 빛나기 시작하고 나도 빛나기 시작했다. 코트가 멋지세요. 너무 빛나시네요. 사람들은 놀라움과 부러움으로 말하곤 했다. 그러나 나는 알고 있었다. 당신이 지금 요정처럼 나의 코트 주머니 안에 있다는 걸. 주머니 안에서 사랑해요, 라고 속삭이고 있다는 걸. 그래서 나의 낡은 코트는 빛나는 새 코트가 되고, 보잘것없는 나도 빛나는 사람이 되었다는 걸.

그러나 나는 선녀의 옷을 훔쳤던 나무꾼이었을까. 당신은 승천하는 선녀처럼 떠나고 나는 다시 낡은 코트가 되었다.

무겁고도 우울한 코트를 입고 매일매일 당신을 그리워하지만, 귀중품이 사라진 주머니 안은 텅 비어 있을 뿐. 그런데 그건 나의 착각이었을까. 어젯밤의 꿈은 나를 그 착각으로부터 깨어나게 하려고 잠 속으로 찾아온 걸까. 당신은 여전히 코트 주머니 안에 있다고, 지금도 변함없이 사랑해요, 라고 속삭이는 귀중품이 낡은 코트 주머니 안에 있다고 꿈은 말하는 걸까.

새 코트 안의 당신은 내게 자랑스러운 귀중품이었다. 이제 낡은 코트 안의 당신은 내게 안도감을 주는 귀중품이다. 나는 자랑스러움은 잃었어도 안도감을 잃지는 않았다. 그런데 무엇이 더 큰 사랑의 기쁨일까. 언젠가 오랜 출장 뒤에 돌아온 내 품에 안겨서 속삭였던 당신: "당신이 곁에 없어서 외로웠어요. 하지만 하나도 불안하지 않았어요. 이상한 일이죠, 어떤 안도감이 늘 제 곁에 있었으니까요."

그리고 보면 캄캄한 밤 어디로 갈지 몰랐어도 나는, 꿈속에서, 하나도 불안하지 않았다. 어쩐지 안심이 되었다. 당신이 떠나면 자랑스러움도 떠난다. 그러나 당신이 떠난 뒤에도 안도감은 남는다. 다시 찾은 귀중품처럼 부재하는 당신이 낡은 코트 주머니 안에 머문다. 그래서 당신이 부재해도 당신을 생각하면 안심이 되는 걸까. 그것이 이별에게 남겨진 사랑의 기쁨일까.

사라짐

이별 뒤에는 긴 피곤함이 있다. 나는 그 피곤함에 저항하지 않는다. 그 피곤함에게 나를 맡겨버린다. 그러면서 나는 사라져간다. 피곤함 속으로 조금씩 조금씩 흩어지고 녹아들면서, 마치 푸른 담배 연기가 대기 속으로 흩어져 사라지듯이.

물론 나는 또 하나의 사라져감을 알고 있다. 그건 당신의 품 안으로 사라져감이다. 당신의 따뜻한 가슴 안으로, 당신의 몸속 바닥 어딘가로 추락하며 용해되어 사라져감. 나는 그 사라짐을 얼마나 좋아했었는지…… 그러나 지금 당신의 가슴은 없고, 나는 사라져갈 곳이 없다. 그런데도 나는 사라져간다, 피곤함 속으로, 당신의 부재 속으로. 나는 어디로 사라져가는 걸까. 이 이별의 사라짐은 어디에 도착하려는 걸까.

이별의 사라짐이 나에게 되찾게 하는 것—그건 사라짐에의 오래된 나의 본능이다. 나는 늘 사라지고 싶어 했었다. 유년시절 나는 수없이 사라졌다. 빈방에서 혼자 동화를 읽다

가, 노래를 부르다가, 공상을 하다가, 낮잠을 자다가 나는 사
라지곤 했었다. 어느 날에는 정말 사라져서 돌아오지 않았
다. 저녁이 되어도 아무도 나를 찾을 수 없었다. 어머니는 실
종 신고를 내고 나를 찾아서 동네를 헤맸다. 그리고 집에 돌
아와서 집 뒤편 후미진 마루문을 열고 나오는 나를 발견했
다. 어머니는 나를 껴안더니 이어서 매질을 했다. 도대체 어
디를 갔다 온 거냐, 어머니는 물었지만 나는 대답할 수 없었
다. 그저 집 뒤편 마루문을 가리킬 뿐이었다. 나중에 어머니
는 혼잣말처럼 말했다. 이상도 하지, 거기도 분명히 찾아봤
는데 왜 널 보지 못했을까……

이후 나는 딱딱해졌다. 가정이, 학교가, 사회가 나를 딱딱하
라고 가르쳤고, 나를 딱딱하게 만들었다. 나는 딱딱함이 싫
었다. 무거움이 싫었다. 나는 가벼워지고 싶었고 녹아버리
고 싶었고 세상으로부터 사라지고 싶었다. 그때 당신이 뗏
목처럼 떠내려왔고, 나는 그 뗏목을 타고 사라질 수 있었다.

당신의 가슴속으로, 목소리 속으로, 냄새 속으로…… 사랑에 빠진다는 건 사라질 수 있음이라는 걸 나는 당신에게서 배웠다.

그러나 당신은 떠나고, 이별의 곤비함만이 남았다. 당신은 부재해도 당신이 가르쳐준 사라져감의 행복은 사라지지 않는다. 그래서 나는 이별의 곤비함 속으로 사라져간다. 아무런 저항도 없이 끝없이 사라져간다. 나는 당신에게로 사라져가는 걸까. 당신에게로 도착하려는 걸까. 그러나 나는 알고 있다. 재회는 없다는 걸, 당신은 도착지가 아니라는 걸. 그런데도 사라짐은 멈추지 않는다. 이별의 사라짐은 어디로 사라지는 걸까.

이별의 사라짐은 도착 없는 사라짐이다. 그래서 나중에는 당신마저 초과한다. 부재의 불가능성마저 초과한다. 그 어떤 불가능성도, 경계도 이 사라짐을 멈추게 할 수 없다. 사라

짐만이 목적인 사라짐. 이 사라짐은 어디로 가는 걸까, 유년
으로 가는 걸까, 내가 다녀온 어디인지도 모른 어느 곳으로
가는 걸까. 그런데 거기는 어디일까.

꼼짝도 않기

그 사람은 떠난다. 나는 남겨진다. 그러면 나도 떠나야 하는
가? 아니, 나는 떠나지 않는다. 남겨진 그 자리에 머문다, 땅
에 박힌 돌멩이처럼. 돌멩이도 오래되면 식물이 되는 걸까.
돌멩이는 남겨진 자리에서 뿌리를 내리고 나는 붙박인다.
아무것도 나를 남겨진 자리에서, 그 사람이 떠나간 부재의
자리에서, 더는 빼낼 수 없다.

나는 기다리는 걸까. 재가 된 질마재의 신부처럼, 돌이 된 율
포 바닷가의 박제상 부인처럼, 앉고 선 그 자리를 꼼짝도 않
고 지키면서, 그 사람이 다시 돌아오기를 기다리는 걸까.

나는 미워하는 걸까. 프로이트의 멜랑콜리커처럼, 왜 나를
떠났느냐고, 왜 나를 아프게 하느냐고, 무정한 그 사람을 고
발하는 걸까.

나는 두려워하는 걸까. 프루스트의 어머니처럼, 저승으로

가지 않으려고 몸속에서 태아처럼 자기를 붙들고 있는 돌아가신 할머니를 지키려고 석고상이 되어버린 마담 프루스트처럼:

"할머니가 돌아가시고 나서 어머니는 완전히 다른 사람이 되어 있었다. 모든 기쁨이 어머니로부터 떠나갔다고 말하는 것으로는 부족했다. 어머니는 말하자면 온몸이 용해되어 그 어떤 간절한 기도의 조상으로 응고되어 있었다. 그리고 그 조상은, 조금만 움직이거나 조금만 큰 소리를 내어도, 어머니를 꼭 붙들고 있는 고통스러운 존재가 어머니로부터 떨어져나가고 말까 봐 두려워하는 것만 같았다."○

아니면 나는 주문을 외우는 걸까, 사진 속에서 어머니가 다시 살아 돌아오는 어느 마술적 순간을 소환하는 바르트처럼:

○《마음의 간헐》

"나는 〈온실사진〉 앞에 꼼짝도 않고 앉아 있다. 혼자서 어머니 앞에, 어머니와 함께 있다. 빗장은 잠겨 있고, 출구는 없다. 메마르고 참혹한 결핍의 상태. 나는 꼼짝도 못 하고 고통스러워한다. 슬픔을 껴안은 채 사진에서 시선을 떼지 못한다. (…) 그리고 마침내 〈온실사진〉에서 어머니를 되찾는다. 나는 외친다: 바로 어머니야(There she is!), 라고."∞

나는 기다리지도, 한탄하지도 않는다. 두려워하지도, 주문을 외우지도 않는다. 그건 모두 이별을 재회로 바꾸려 하기 때문이다. 하지만 나에게 재회는 없다. 당신의 부재가 두 번 다시 당신으로 채워질 수 없다는 걸 나는 안다. 그래서 나는 당신의 부재 속에서 재회를 꿈꿀 수가 없다. 그렇다고 당신의 부재 공간을 떠날 수도 없다. 때문에 나는 차라리 당신의 부재를 인정한다. 그 부재의 자리에 스스로 붙박인다. 그러

∞《카메라 루시다》

면 돌아오는 당신이 아니라 떠나는 당신이 또렷이 보인다. 당신은 점점 더 멀리 떠나가고, 멀어지면서 사라진다. 하지만 사라지는 게 없어지는 건 아니다. 당신은 사라지면서 대기가 된다. 나는 숨을 쉬고 그 대기를 마신다. 당신을 들이마신다. 그리고 알게 된다. 왜 돌멩이에도 뿌리가 생기는지, 왜 돌멩이도 광합성을 하면서 살아가는지를.

마르그리트 유르스나르: "당신이 멀리 있으면, 당신의 모습은 점점 더 커져서, 온 우주를 다 채운다. 대기가 되어 내 몸을 가득 채운다."○

발터 베냐민: "엷은 실현이다." ∞

○《불꽃》
∞《파사젠베르크》

허전함

상상할 수 없는 것을 상상해본다. 그 사람이 다시 돌아오는 것, 나를 다시 사랑해주는 것, 다시 내가 그 사람의 애인이 되는 기적을. 그럴 때 나를 휩싸는 건 황홀한 기쁨보다는 지극한 안도감이다. 죽을 것처럼 무서운 꿈에서 깨어나 그것이 그저 꿈이었음을 깨달았을 때처럼. 그 안도감은 되찾은 충족의 기쁨이다. 텅 비었던 공백이 다시 충만해진 기쁨, 마치 긴 산통 뒤에 신생아를 가슴에 안으면 텅 빈 자궁이 안도하며 느낄지도 모르는 충족감. 아무것도 부족함이 없음, 아무것도 모자람이 없음, 그 사람의 전부가 다시 내 안에 있음의 안도감.

그런데 어쩐 일일까. 이 충족의 상태는 어쩐지 불완전하다. 어쩐지 무엇인가 모자라고 빠져 있다. 나는 안도감 속에서, 충족의 기쁨 속에서, 이유도 모르는 채 허전하고 아쉽고 안타깝다. 충족 속의 작은 서운함. 그만 무언가를 놓쳐버린 것 같은, 잃어버린 것 같은, 격렬하지는 않아도 느낌 안에 스며 있는 작은 아픔 같은 이 서운함은 뭘까.

K의 말: "처음에는 이별이 너무 힘들었어. 아프고 밉고 싫었
어. 그 사람을 잊어도 좋으니까 제발 이별이 끝나기만을 간
절히 원했어. 그러면서 늘 이별과 함께 있었어. 잠에서 깨어
나면 이별이 내 곁에 함께 누워 있곤 했어. 나는 이별을 아
파하는데 이별은 그런 나를 아파하는 것 같았어. 나를 위안
해주는 것 같았어. 마치 자기만은 나를 잊지 않겠다는 것처
럼, 결코 나를 떠나지 않겠다는 것처럼. 그러다보니 이별과
함께 사는 일이 편해졌어. 그사이에 이별과 정이 든 걸까?
이제는 이별과 잘 살아갈 수 있을 것 같아. 정말 이별이 끝
나면 몹시 아플 것 같아."

사랑과는 이별을 해도 이별과는 이별할 수 없는 걸까?

칼 하인츠 보러: "이별은 존재의 원풍경이다. 우리는 이별과
더불어 태어나서 이별과 더불어 살아간다."°

김광석: "매일 이별하며 살고 있구나……"∞

○《이별의 이론: 보들레르, 괴테, 니체, 베냐민》
∞ 김광석, 〈서른 즈음에〉

장갑

"이별하기 좋은 계절은 언제일까?"

봄에는 꽃들이 너무 아름답다. 여름에는 햇빛이 너무 뜨겁
다. 가을에는 단풍이 너무 곱다. 모든 것이 나의 이별을 비웃
는다. 그러면 겨울에는? 말 없는 흰 눈, 헐벗은 나무들, 쓸쓸
한 바람, 고적한 밤―모두가 나를 위로해주는 것 같다, 함께
이별을 슬퍼해주는 것 같다. 하지만 정말 그럴까? 겨울은
정말 이별하기 좋은 계절일까? 혹시 겨울은 가장 잔인한 이
별의 계절은 아닐까? 그리고 그건 장갑 때문은 아닐까?

몹시 추웠던, 추워서 더 따뜻했던 어느 겨울, 나는 그만 마음
이 아파진다. 당신이 손을 비비며 카페 안으로 들어올 때, 또
는 내 코트 주머니 안으로 들어온 당신의 손이 너무 차가울
때. 나는 상점으로 들어가서 그 사람에게 두꺼운 장갑을 선
물한다. 당신의 손이 추워하는 걸 볼 수가 없어요. 우리의 사
랑을 질투하는 찬 바람이 투명하고도 연약한 당신의 손등
을 상처 내는 걸 참을 수가 없어요. 이제는 당신의 희고 부
드러운 손을 이 장갑 안에 감추세요. 그렇지만 나를 만나면

안심하고 장갑을 벗어도 돼요. 내 두꺼운 코트의 깊은 주머니가 있으니까. 언제나 당신의 손을 기다리는 나의 따뜻한 손이 있으니까……

그 장갑이 있어서 그 겨울은 얼마나 따뜻했었는지. 내가 선물한 장갑 안에서 늘 따뜻했던 당신의 흰 손. 내 주머니 안으로, 손 안으로 들어오면 포근하고 부드러웠던 당신의 맨손. 그리고 따뜻하게 속삭이던 당신의 목소리: "이 장갑이 당신 같아요. 여름에도 이 장갑을 벗지 않을 거예요."

그러나 이별은 오고 장갑은 그 이별을 얼마나 잔인하게 만드는지. 이별할 때, 안녕이라고 말하며 마지막으로 손을 잡을 때, 당신은 장갑을 벗지 않는다. 안녕이라는 차가운 얼음의 말 속으로 숨어버린 당신의 육체처럼, 당신의 손은 장갑 밖으로 나오지 않는다. 내가 선물한 두껍고 검은 장갑 속으로 숨어버린 그 사람의 흰 손, 만질 수 없는 손, 금지된 손.

나는 이후에도 이별의 장면을 잊지 못한다. 이별의 장면은 사진처럼 붙박여서 시간에게 떠내려가지 않는다. 장갑 속에 꽁꽁 숨은 당신의 손도, 차가운 바람 속에서 혼자 타오르는 나의 손도 그때 그 자리에 그대로 있다. 나는 장갑을 추억한다.

그런데 추억은 애무일까. 추억하면서 나의 손은 당신의 장갑을 자꾸만 매만진다. 만질 때마다 당신의 두꺼운 장갑은 닳아서 점점 얇아진다. 그리하여 어느 순간, 애무의 추억 그 끝에서, 나는 당신의 손을 만진다. 물론 당신의 손은 여전히 장갑 안에 있다. 그러나 맨손보다 더 부드럽고 따뜻하게 만져지는 당신의 손. 맨살보다 더 생생하고 육감적인 당신의 손. 나는 그 손을 만지면서 뜨겁게 달아오른다. 손만이 아니라 온몸이 뜨거워진다……

불교도는 말한다: 모든 것이 환(幻)이라고. 그런데 환이 곧 물(物)이라고.

이별의 주체는 불교도의 주체일까. 그런데 불교도의 주체
는 광기의 주체가 아닐까.

차가움

P는 말한다: "나는 따뜻한 이별을 하고 싶었어. 그렇지만 그 사람은 너무 차가웠어. 나는 지금도 그 차가움을 잊지 못해. 그래서 괴로워. 그 차가움 때문에 그 사람을 따뜻하게 기억할 수가 없어서……"

차가움은 이별의 숙명인가. 갑자기 얼어붙는 손, 갑자기 차가워지는 시선, 목소리…… 그 사람은 냉동 인간으로 변한다. 그 사람의 냉기 속에서 꽁꽁 얼어붙으면서 나도 냉동 인간으로 변한다.

오랫동안 나는 그 사람의 차가움을 이해하지 못한다. 그 사람은 왜 그렇게 차가워야만 했을까, 왜 그렇게 쌀쌀하고 잔인했어야 했을까, 어떻게 그 사람은 냉동 인간이 될 수 있었을까, 그토록 다정하고 따뜻했던 그 사람이……

하지만 이별의 주체는 해동의 주체이기도 한 걸까. 어느 날 나는 차가운 그 사람을 떠올린다. 냉동 인간처럼 꽁꽁 얼어붙은 그 사람을 떠올린다. 그러면서 어느 겨울날의 그 사람을 기억한다. 너무 추워요, 몸이 꽁꽁 얼었어요, 라고 말하면서 겨울바람 속에서 떨던 그 사람, 내가 코트 안에 꼭 감추어주었던 그 사람, 이제 다 녹았어요, 라고 말하던 그 사람…… 나는 차가운 그 사람을, 냉동 인간을, 다시 꼭 껴안는다. 따뜻하게 덥히려고, 부드럽게 녹이려고……

오랜 시간 뒤 초췌한 얼굴로 돌아와서 P는 말한다: "난 이제 그 사람의 차가움을 이해하게 됐어. 그 사람은 나를 미워했던 게 아니야. 헤어진 뒤에 내가 너무 아파할까 봐 그 사람은 자기를 차가운 사람으로, 잔인한 냉동 인간으로 만들었던 거야. 난 이제 그 사람을 따뜻하게 기억할 수 있어. 그런데 너무 마음이 아파. 그 사람은 냉동 인간이 되어서 얼마나 추웠을까……"

분열

"연락하고 싶어요!"

사랑할 때, 나는 참을 줄 모르는 사람이었다. 보고 싶으면 달려가고 만나고 싶으면 찾아가야 했다. 나는 거절을 참지 못하는 옹고집이었다(미안해요, 지금은 너무 바빠요, 라고 그 사람이 거절하면 벌컥 화를 내거나, 발끈 토라지거나, 풀이 죽어 전화를 끊던 나). 그러나 이별 후에 나는 인내의 미덕을(미덕은 모두가 사실은 강요다) 배운다. 나는 아주 잘 참는 사람이 된다. 동굴 속에서 모든 욕망을 억누르고 마늘만 먹으며 천 일 낮밤을 참아내는 웅녀처럼.

그러나 어느 순간, 새까만 휴대폰이 갑자기 눈 안으로 뛰어드는 순간(이별 뒤에는 휴대폰에서 눈을 떼지 못한다. 그 사람의 연락이 올까 봐. 그러면서도 휴대폰을 똑바로 바라보지 못한다. 그 사람의 연락이 오지 않을까 봐. 그러면서도 눈을 떼지 못한다. 연락하고 싶어서. 그러면서도 외면한다. 정말 연락하고 말까 봐), 나는 그만 와르르 무너진다. 인내의 웅녀가 아니라 동굴을 뛰쳐나오는 호랑이가 되고 만다. 그리고 포효하는 호랑이처럼 외

치고 만다: 연락하고 싶어요!

이별의 주체는 목소리가 둘인 걸까. 연락하고 싶어요! 외치면 또 하나의 내가 마주 외친다: "안 돼, 참아야 해!"라고. 목소리가 분열되면서 나 또한 두 개의 나로 분열된다. 하나는 휴대폰을 꼭 쥐고 연락하고 싶어요, 라고 보채는 아이인 나. 다른 하나는 그러면 안 돼, 참아야 해, 라고 금지하는 어른인 나. 아이는 보채지만 어른을 이기지는 못한다. 욕망은 떨리지만 금기를 넘어설 수 없는 것처럼. 나는, 잠깐의 망설임으로 저항하지만, 결국 조금 열었던 휴대폰을 다시 접는다. 그리고 중얼거린다: "보고 싶어요! 그렇지만 그러면 안 되겠죠……"

이별의 주체는 어른으로 성장하지 못한다. 《양철북》의 오스카처럼 마지막까지 아이의 주체로 남는다. 보고 싶어요, 다시 만나고 싶어요, 라는 보챔은 실현되지는 못해도 중지되는 건 아니니까. 그러면 또 하나의 주체, 금지하는 어른은 누구인가? 그는 정말 어른인가? 그러면 이별의 주체가 어른의 주체이기도 한 걸까?

안 돼, 라고 어른은 보채는 아이에게 금지를 내린다. 그런데 금지를 내리면서 어쩐지 부끄러워진다. 보채는 아이의 간절한 얼굴 앞에서 이상하게 부끄러워진다.° 그 부끄러움 속에서 망각된 기억이 돌아온다('부끄러움은 망각된 기억이 돌아오는 회로'라고 베냐민은 말한다°°). 나도 저랬었다는, 나도 아이였을 때 저 아이처럼 저렇게 간절하게 보챘었다는, 그러나 금지를 당하고 어른이 되었다는 그 멀고도 먼 기억이 되돌아온다. 최초의 질문이 되돌아온다: "자궁으로 돌아가면 안 되나요? 엄마 배 속으로 다시 들어가면 안 되나요? 어른이 안 되면 안 되나요?"

○ 레비나스
∞ 《일방통행로》

아도르노: "아이가 끊임없이 질문을 하는 건 최초의 질문에 대해서 아무런 대답도 들을 수 없기 때문이다. (…) 아이는 반복 행위에 스스로 지쳐버리거나, 금지가 너무 크면 관심을 다른 곳으로 돌려버린다. 그렇지만 대답을 얻을 수 없었던 그 자리에는 보이지 않는 상처, 딱딱하게 굳은 상흔이 남게 된다. 동물이 그렇듯 인간에게도 눈 먼 지점, 희망이 정지된 지점들이 있다."°°°

연락하고 싶어요, 당신에게 돌아가고 싶어요, 라는 간절하고 절박한 질문. 그 질문은 상처의 질문이다. 대답을 얻을 수 없었던 최초의 질문.

연락하고 싶어요, 라고 나는 말한다. 안 돼, 라고 나는 말한다. 전화하고 싶어요, 그렇지만 그러면 안 되겠죠, 라고 나는

°°°《계몽의 변증법》

말한다. 그러면서 휴대폰을 닫고 손 안에 꼭 쥔다. 그러면서 나도 모르게 운다. 누가 우는 걸까? 보채는 아이일까? 금지하는 어른일까?

식당 옆자리에서 한 여자가 말한다: "하기야 아이에게 무슨 잘못이 있겠어요? 아이를 야단치다 보면 괜히 내가 슬퍼져요."

아픔

"보고 싶어서 미안해요"

사랑은 그 사람을 아프게 하지 않는 것이다, 라고 바르트는 말한다.° 하지만 어떡해야 그 사람을 조금도 아프게 하지 않을 수 있을까. 그건 그 사람이 원하는 그대로 모든 것을 해주는 것이다. 그렇지만 어떡해야 그 사람이 원하는 그대로 다 해줄 수 있을까. 그건 나의 에고를 완전히 버리는 일이다. 에고를 조금이라도 남겨 가지면, 나는 그 사람을 아프게 하고 만다. 에고는 항상 자기를 주장하니까. 그 주장과 맞지 않으면 안 돼, 라고 말하는 게 에고이니까. 사랑은 그 사람을 아프게 하지 않는 것이다―이 말은 사랑은 에고를 모조리 폐기시키는 일이다, 라는 말과 동일한 말이다.

나는 그렇게 하고 싶다. 나는 당신을 조금도 아프게 하고 싶지 않다. 나의 에고를 다 버리고, 당신이 원하는 모든 것을 다 해주고 싶다, 당신을 사랑하니까. 그런데 이별 뒤에 그 사

° 《애도 일기》

람이 나에게 원하는 건 뭘까. 그건 사랑이 끝났으니 더는 자기를 생각하지 말라는 요청이다. 나를 생각하지 말아요, 나를 그리워하지 말아요, 나를 잊어버려요, 내가 원하는 건 바로 이것이에요…… 그 사람이 원하는 것, 그건 자기를 더는 원하지 말라는 것이다. 나는 그렇게 하고 싶다, 그 사람이 원하니까, 그 사람을 더는 원하지 않고 싶다. 하지만 그렇게 할 수가 없다. 나는 여전히 그 사람을 그리워하고, 생각하고, 보고 싶어 하는 걸 멈출 수가 없다. 아무리 애써도 그렇게 할 수가 없다. 나는 이별의 주체가 되는 걸 그만둘 수가 없다. 나를 그 사람이 원하는 대로 망각의 주체로 바꿀 수가 없다.

그리하여 결국 나는 아픈 마음으로 그만 혼자 중얼거리고 만다: 당신이 너무 보고 싶어요, 그런데 보고 싶어서 너무 미안해요, 라고.

추억

그 사람이 떠나면 추억이 남는다. 나는 그 추억을 꼭 붙든다.
추억이 나를 떠날까 봐 두려워서. 추억이 떠나면 나는 그 사
람을 잊고, 그 사람도 완전히 나를 떠나고 말까 봐. 나는 망
각의 두려움과 맞서서 추억에 매달린다. 하루 종일을 추억
으로 지새운다. 하지만 부재의 추억은 얼마나 허망하고 괴
로운 것인지. 안개를 움켜쥐는 것처럼 그 사람의 부재만을
확인시키는 추억들.

나는 차츰 추억에 지친다. 추억이 싫어지고 미워진다. 내가
원하는 건 그 사람이지 추억이 아니야, 라고 격렬하게 항의
한다. 그런데 나의 항의에 추억도 항의하는 걸까. 추억은 물
러가지 않는다. 오히려 더 집요하게 내게 매달린다. 그런데
왜일까? 왜 추억은 물러가지 않는 걸까? 내가 그 사람에 매
달리는 것처럼, 왜 추억도 나를 떠나려 하지 않는 걸까? 그
건 혹시, 나는 이별의 주체가 되어 상상한다, 추억이 그 사람
이기 때문인 건 아닐까(추억하면 추억 속에 늘 있던 그 사람의 얼

굴). 추억이 물러가지 않는 건 그 사람이 부재 속에서 나에게 매달리고 있기 때문인 건 아닐까. 그래, 그 사람은 떠났지만 아직 나를 떠나지 못하고 있는 거야. 그러니까 추억을 나처럼 떠나지 못하는 거야. 내가 추억을 떠나지 못하는 게 아니라 추억이 나를 떠나지 못하는 거야. 아니라면 왜 이렇게 추억이 집요할 수 있겠어?

그러자 나는 갑자기 온몸이 아파 오기 시작한다. 세상에 어떻게 내가 그렇게 잔인할 수가 있다는 말인가. 어떻게 내가 그 사람을 내게서 쫓아버릴 수가 있다는 말인가. 미안해요, 정말 미안해요, 나는 중얼거리면서 추억을 다시 꼭 붙든다. 추억 속으로 뛰어든다. 그 사람에게 온 마음으로 용서를 빌면서……

씻기

이별 뒤에는 씻기가 싫어진다. 화장하기가 싫어진다. 깨끗하게 씻겨서, 아름답게 화장시켜서, 나는 나를 누구에게 보여줄 것인가. 나의 아름다운 얼굴을 보여주고 싶은 건 오직 당신뿐이건만.

그러나 돌아보면 당신을 만날 때에도 나는 씻기가 싫었다. 당신을 만나고 돌아오면 화장을 지우고 싶지 않았다. 당신이 보고 말했던 내 얼굴, 당신의 시선이 온통 닿았고 만졌던 내 화장의 얼굴. 당신을 만날 때 나의 얼굴은 살결의 얼굴이 아니라 그 위에 그려진 화장의 표면이다. 당신이 사랑과 욕망과 애착의 눈빛으로 애무했던 것, 그것만이 나의 얼굴이니까. 그래서였을까, 돌아와 얼굴을 씻고 자리에 누우면 감당할 수 없었던 쓸쓸함. 화장을 지우는 사이에 그만 얼굴을 잃어버린 사람처럼.

발작은 사진 찍는 걸 너무 두려워했었다. 그에게 육체는 셀 수 없이 많은 이미지들이 지층처럼 겹겹이 쌓여서 만들어진 것이었다. 그래서 사진을 찍을 때마다 그 이미지들이 한 겹씩 벗겨지고, 그러다 보면 점점 육체가 사라져간다고 생각했다. 이별 뒤에 나는 발작이 되었는지 모른다. 사진이 아니라 씻기를 두려워하는 발작. 세수를 할 때마다, 화장을 지울 때마다, 내 얼굴에 남겨진 당신의 시선들이 씻겨나간다고 두려워하는 발작.

그런데 지금도 나는 여전히 그런 걸까. 지금도 나는 당신을 위해서 아침마다 화장을 하는 걸까. 아니라면 나는 왜 아침마다 기쁜 마음으로 정성 들여 화장을 하는 걸까. 출근해서 일을 하다가 혹은 커피를 마시다가 왜 갑자기 얼굴이 달아오르는 걸까. 화장을 지우고 자리에 누우면 왜 또 그렇게 쓸쓸해지는 걸까. 낮 동안 당신을 생각하면 당신이 나타나서 사랑과 욕망의 시선으로 나를 보았던 것처럼. 그렇게 낮 동안 나의 얼굴을 어루만지던 당신의 촉감들을 모두 잃어버린 것처럼.

문자

"이 목소리는 당신만을 위한 것이에요"

잘 지내나요. 어느 날 아침, 나는 그 사람의 문자를 발견한다. 깨어나 꾸는 꿈처럼 믿을 수 없는 통신. 그토록 기다렸으나 오리라 믿지 않았던 통신. 밤사이 도착해서 꿈처럼 내 곁에 누워 있었던 통신.

나는 당신의 문자를 오래 들여다본다. 문자들이 당신의 희고 긴 손가락으로 변한다. 까만 자판을 만지며 외로운 철자들을 모아서 문장으로 만드는 당신의 부드럽고 섬세한 손가락들…… 문자를 만든 건 철자들이 아니다. 그건 당신의 손가락들이다. 그래서 나는 당신의 문자를 읽지 않고 만진다. 차가운 액정의 화면을 매만지고 뺨에 댄다. 언젠가 나의 뺨을 만져주었던 당신의 손가락을 느끼면서.

또 나는 문자 속에서 당신의 목소리를 듣는다. 아마도 차마 걸 수 없었던 전화 대신 나에게 보내었을 문자. 그 문자 속에는 당신의 목소리가 들어 있다. 잘 지내나요, 라고 문자를 만들면서, 잘 지내나요, 라고 그 사람은 혼자 말했을 테니까. 문자는 액정에 찍힌 문장이 아니라 그 사람의 목소리가 들어 있는 녹음테이프이다. 그래서 나는 그 사람의 문자를 읽지 않고 휴대폰을 귀에 댄다. 녹취를 푸는 사람처럼 기억의 재생 버튼을 누르고 문자 안에서 당신의 목소리를 듣는다. 언젠가 카페에서 갑자기 내 귀에 입술을 대고 속삭였던 당신: "지금은 귀에 대고 몰래 얘기할래요. 내 말을 아무에게도 들려주고 싶지 않아요. 지금 내 목소리는 당신만을 위한 것이니까요……"

난 잘 지내고 있어요. 당신도 잘 지내시겠죠…… 나도 당신에게 문자를 보낸다. 문자가 된 나의 목소리를 보낸다. 그러면서 그 사람의 귀에 속삭인다: 나도 지금은 당신의 귀에 대고 몰래 얘기할래요. 이 문자는 당신만을 위한 거예요. 그러니까 당신이 가져도 돼요. 마음껏 만져도 돼요. 손으로, 뺨으로, 입술로……

돌아오는 말들

사랑이 끝나면 당신은 떠나도 말들은 돌아온다. 당신이 내게 했던 다정한 말들: 보고 싶어요, 언제 오나요?, 날 많이 생각하나요?, 사랑해요…… 그 말들은 나를 괴롭게 한다. 그 말들은 당신의 부재만을 확인시키니까. 그 말들은 유효기간이 끝났으니까. 그 말들 뒤에서 당신은 차가운 목소리로 이렇게 말하고 있으니까: 나는 이제 당신을 사랑하지 않아요, 나는 이제 당신의 사람이 아니에요……

그러나 또 하나의 말들이 돌아온다. 그건 내가 당신에게 했던 사랑의 말들이다. 당신이 온몸을 열고 들어주어서, 당신의 몸속으로 들어가 저장된 나의 말들. 당신은 떠나도, 당신은 기억하지 못해도, 내 사랑의 말들은 지금도 당신의 몸 안에 들어 있다, 당신의 말들이 내 몸 안에 들어 있듯이.
그리하여 너무 외로울 때, 당신이 너무 보고 싶어도 갈 곳이 어디에도 없을 때, 나는 나의 말들을 다시 불러들인다. 당신의 육체 안에서 지금도 여전히 당신의 온기, 냄새, 촉감들과

더불어 살고 있는 내 사랑의 말들을. 나는 그 말들을 꼭 껴
안는다. 그 말들을 만지고 냄새 맡고 느낀다. 그리고 어느 사
이 달아오른 몸으로, 당신이 곁에 있는 것처럼, 혼자 중얼거
린다: 너무 귀여워요, 너무 멋있어요, 세상에 당신 같은 사람
이 또 어디 있겠어요……

결핍

"나는 당신의 부재 앞에서 뜨겁게 타오르고 있어요"

이별 뒤에는 목소리가 들린다. 괴로워하는 나를 걱정하고 염려하는 사람들의 목소리. 그들은 내게 충고한다: 다 소용 없는 일이라고. 그 사람은 이미 떠난 사람이라고. 그러니 다 잊으라고. 또 겁을 주려는 것처럼 무서운 소문을 전하기도 한다: 당신이 이미 다른 사랑을 시작했다고, 나 같은 건 벌써 다 잊었다고…… 하지만 나를 이별과 이별하게 하려는 목소리가 타인의 목소리만은 아니다. 그건 나 자신의 목소리이기도 하다. 그 사람이 너무 그리우면, 그래서 있을 수 없는 재회를 상상해보면, 동시에, 마치 기다렸다는 듯이, 내 안에서 들려오는 목소리가 있다: 쓸데없는 상상이야. 그 사람은 떠나고 없어. 돌아오지 않아. 그러니 이제는 다 끝났어……

하지만 부재의 형식에는 두 가지가 있다. 하나는 객관적이고 물리적인 부재. 당신이 떠났으므로, 당신이 더는 내 곁에 없으므로 남겨지는 공백이 있다. 마치 내 서가에 있던 한 권의 책을 누군가 가져가면 그 책이 남기는 텅 빈 자리처럼.

이 경우 당신의 부재는 다만 '없음'이다.

그러나 또 하나의 부재가 있다. 당신을 여전히 욕망하기 때문에, 당신에게 여전히 애착하기 때문에 나에게 존재하는 부재. 이 부재는 당신의 없음이 아니라 나 자신이 스스로 만들어낸 주관적이며 상상적인 부재이다. 나의 욕망과 애착이 만들어놓은, 그러나 채울 수 없으므로 반드시 채워져야 하는 결핍(Desiderat)으로 존재하는 부재. 그러므로 당신이 떠났다는 객관적 사실은 이 결핍의 부재와 아무런 상관이 없다. 다름 아닌 그 결핍이 내가 당신에게 애착하는 상상의 부재를 만들어내니까. 마찬가지로 여전히 당신이 내 곁에 있다 해도 당신은 나에게 부재하지 않고 그냥 없음일 수 있다. 내가 더는 당신을 욕망하지 않으면, 당신은 나에게 결핍으로 부재하지 않으니까, 당신은 있지만 그러나 없음이니까.

없음은 있음의 반대말이 아니다. 없음은 있음과 무관함이다. 거리에서 스치는 사람들, 영화 속에서 출몰하는 얼굴들,

광고 속의 여자들, 신문 안의 정치가들—그들은 내게 있지만 그러나 없다. 보고 보이지만 그러나 보지 않고 보이지 않는 사람들, 그들은 다만 덧없고 무의미한 익명의 존재일 뿐이다. '우리는 우리를 보는 것만을 본다'°라는 베냐민의 말은 우리는 우리가 보는 것만을 본다는 말이기도 하다. 내 앞에 있지만, 나를 보지도 않고, 또 내가 보지도 않는 것들은 내게 있으면서도 사실은 없다. 그것들은 내게 부재하는 것이 아니다. 그것들은 다만 내게 없음일 뿐이다.

하지만 부재는 다르다. 부재는 있음과 떨어질 수 없도록 매어 있는 없음이다. 이 부재 안에서 당신의 없음은 샴쌍둥이처럼, 또는 바르트를 빌리자면, '평생을 성교를 하도록 서로 맞붙어 있는 물고기처럼', 당신의 있음과 묶여 있다.∞ 그러니까 당신은 부재하지만 그 '부재 속에서 있다'. 그리하여 내

○《사진의 작은 역사》
∞《카메라 루시다》

가 너무 아파하면서도 이별을 끝내지 못하는 건 당신의 없음 때문이 아니다. 그건 당신의 '부재' 때문이다. 부재 속에 당신이 있는데 어떻게 내가 당신의 없음을 인정할 수 있겠는가.

부재는 유령이다. 없지만 있는 것, 있지만 없는 것. 사실과 비사실의 사이.

그 사이는 위험한 사이다. 나는 자주 그 사이로 굴러떨어진다. 어느 날, 어느 거리, 어느 장소, 어느 물건, 어느 소리 앞에서 당신의 부재는 갑자기 눈을 뜨고 나를 습격한다. 차가운 시선으로 메스처럼 나를 찌른다. 뚜껑 열린 맨홀처럼 발밑에서 땅이 꺼지고 나는 그 캄캄한 부재 속으로 추락한다. 겨우 무사하던 일상은 허물어지고, 허물어져 열린 그 부재의 자리에서 나는 비로소 깨닫는다: 나는 그동안 부재 위에 간신히 덮여 있는 살얼음판을 걷고 있었다는 걸. 그럭저럭 무사하던 일상은 분화구 위에서의 평온이었다는 걸. 당신 없이는 그 어떤 무사함과 안전함도 음험한 위험일 뿐이라는 걸.

하지만 그 사이는 나의 안전지대다. 나는 그 부재 안에 집을 짓고 산다. 물론 나는 잘 안다. 당신의 얼굴을 다시 볼 수 없다는 사실, 당신의 목소리를 다시 들을 수 없다는 사실을 자명하게 안다. 하지만 나는 그 자명함을 이해할 수도 믿을 수도 없다. 느껴지지도, 붙잡히지도, 만져지지도 않는다. 아무리 애써도 '당신이 없다'라는 사실은 나에게 승인되지 않는다. 그래서 나는 차라리 부재를 껴안고 산다. 부재는 친숙한 일상이 된다. 실재라고 외쳐대는 시끄러운 세상의 소음들로부터 나를 숨길 수 있고 지킬 수 있는 도피처가 된다. 그렇게 부재가 부재해서 안전지대가 된다. 그 안에서 나는 잘 살아간다. 체포당했지만 하나도 문제없이 일상을 잘 살아가는 카프카의 요제프 K처럼.

그런데 이 부재가 이별 때문에만 존재하는 걸까? 당신의 부재가 전에는 없었던 걸까?

돌아보면, 당신은 내 곁에 있으면서도 또 늘 결핍으로 부재
했다. 당신은 한 번도 나에게 온전하게 실재하지 않았다. 당
신은 늘 그 어떤 결핍과 더불어 나에게 존재했었다. 그래서
나는 늘 목이 말랐다. 온전히 가질 수 없는 당신, 꼭 안으면
안을수록 빠져나가던 당신의 일부. 그 일부가, 그 결핍의 부
재가 나를 매번 당신을 향해 애태우며 타오르게 했었다. 그
타오름이 나의 갈망이었고 애착이었다. 당신이 그렇게 부
재하지 않았다면 나의 사랑도 그처럼 뜨거울 수 있었을까?

그렇다면 그들은, 또 나는, 무슨 이유로 다 소용없어, 라고
말하는 걸까. 어차피 나의 욕망과 사랑은 당신의 부재 앞에
서 타올랐던 것인데…… 왜 나는 지금, 당신의 부재 앞에서,
다시 뜨겁게 타오르면 안 된다는 말인가? 왜 내가 당신의
뜨거운 부재와 차갑게 이별해야 한다는 말인가?

황홀경

"우리는 지극한 적막 속에 앉아 있었다"

슬픔의 끝에는 황홀경이 있다. 당신의 부재가 지극한 기쁨
으로 타오르는 순간이 있다. 그동안의 모든 슬픔과 외로움
과 애태움과 아픔이 빛나는 이 순간의 땔감들이었던 것처
럼. 이별의 주체는 고행의 나무꾼이다. 이 찬란한 빛의 순간
을 밝히는 땔감들을 구하려고 부재의 고통스러운 숲속을
헤매야 하는 고행의 나무꾼.

하데스로 내려가는 오르페우스처럼 나는 하강한다. 이별의
슬픔과 아픔을 다 치르며 부재의 바닥에 도착한다. 그리고
거기서 한 놀라운 영역을 만난다. 침묵과 적요의 영역. 모든
허구의 언어들이 정지된 자리에서 사랑의 언어들이 생성되
는 영역. 모든 불안과 두려움의 시끄러움이 정지되고 생의
기쁨들이 솟아오르는 영역. 거기에서 나는 깨닫는다. 당신
은 나를 떠난 것이 아니었다는 걸. 당신은 먼저 이곳으로 와
서 나를 기다리고 있었다는 걸.

슬픔의 끝에는 부재가, 부재의 끝에는 실재가 있는 걸까. 그래서 어머니를 잃어버린 긴 애도의 끝에서 바르트도 말했던 걸까: "바쇼의 긴 여행기. 그중에서 카시노의 절을 방문한 바쇼가 한 선사와 만나는 장면: '우리는 오랫동안 지극한 적막 속에 함께 앉아 있었다.'"

지극한 적막: 그건 타오르는 적막이다. 지금 뜨겁게 타오르는 당신의 부재처럼……

노예근성

"나는 당신의 부재를 숭배해요"

쑤퉁의 소설 《제왕의 생애》는 왕이 아니라 환관의 이야기이다. 환관 연량은 열두 살에 생식기를 잘리고 궁으로 들어와 섭왕 단백의 시종이 된다. 평생 왕의 노리개가 되어 수많은 수모를 당하고 치욕을 당한다. 그래도 연량은 왕의 곁을 떠나지 않는다. 그림자처럼, 도플갱어처럼, 끝까지 왕 곁에 머문다. 내란을 피해 왕이 먼 곳으로 도망간 뒤에도 수만리 길을 걸어서 왕 곁으로 돌아온다("저는 폐하의 체취를 맡을 수 있습니다. 아무리 멀리 계셔도 그 냄새를 찾을 수 있습니다"). 연량은 결국 왕에게 쏟아지는 화살을 온몸으로 받고 왕 대신 죽는다. 왕이 묻는다: "너는 왜 나를 떠나지 않았던 거냐?" 연량이 대답한다: "제게는 폐하 밖에 없으니까요."

프루스트의 하녀 프랑스와즈도 평생 마르셀의 가족을 떠나지 않는다. 콩브레에서는 주인 마님 레오니 고모의 치매와 망령을 다 감수하다가 그녀가 죽은 뒤에는 파리로 와서 변덕스러운 프루스트 가족에게 충성을 다한다. 식구들이 모두 세상을 떠난 뒤에는 오스만 거리 102번지로 이사 와서 늙은 고아가 된 프루스트를 돌본다. 침실의 네 벽을 코르크로 밀폐하고 한 마리 거미처럼 추억의 실을 뽑으며 서서히 미쳐가는 프루스트의 히스테리와 광기를 다 받아들인다. 마침내 프루스트마저 죽고 소설도 끝나지만 이번에는 소설의 문을 열고 세상으로 나온다. 그리고 셀레스트라는 본명으로《무슈 프루스트와의 삶》을 써서 잊혀가는 프루스트를 사람들에게 기억시킨다. 그렇게 마지막까지 죽은 주인에게 충성을 지킨다.

귀스타브 플로베르의 소설《순박한 마음》의 하녀 펠리시테도 오벵 부인에게 충성을 다한다. 굳게 믿었던 첫사랑에게 배반당하고 고향을 떠났다가 우연히 낯선 마을 퐁 레벡에서 마담 오벵의 하녀가 된다. 인색하고, 오만하고, 우울증에 시달리는 과부 오벵 부인에게 온갖 수모를 당하지만, '부르주아의 곰팡내'로 가득한 그 집을 그녀는 떠나지 않는다. 새

벽부터 밤까지 하얀 하녀복과 모자를 쓰고 '모터가 장치된 나무 인형'처럼 식구들과 가사를 돌본다. 식구들이 하나씩 죽고 오뱅 부인도 세상을 떠난 뒤에는 앵무새 한 마리를 구해서 정성으로 돌본다. 앵무새마저 죽자 이번에는 앵무새를 박제로 만들어서 또 정성으로 돌본다. 그리고 부활절 축제가 있던 날, 앵무새가 예수와 함께 하늘로 날아갈 때 그녀도 숨을 거두고 승천한다. 예수님이 아니라 앵무새를 따라서.

이별의 주체는 노예근성의 주체다.

당신이 떠나면 부재가 남는다. 나는 떠난 주인을 잊지 못하는 노예처럼 당신의 부재 앞에서 꼼짝도 않는다. 그러다가 바위가 쪼개지듯 둘로 분열한다. 하나는 에고의 나. 다른 하나는 육체의 나. 에고의 나는 나의 정다운 친구들이다. 폐인이 된 나에게, 자포자기에 빠진 나에게 그들은 진심으로 충고한다. 이것 봐, 사랑은 끝났어, 그만 정신 차리고 생활로 돌아가. 이제는 새로운 미래와 새로운 삶을 만들어야 해…… 나는 고개를 끄덕인다. 그래, 이제는 새 삶을 시작해야 해, 그 사람은 그만 다 잊어야 해. 하지만 나는 또 입안에서 중얼거리고 만다: 그렇지만, 그래도, 어떻게 그럴 수가 있겠어……

나의 에고는 과거를 모른다. 미래만을 안다. 더 나은 앞날의 목표와 계획만을 안다. 에고에게 과거는 이미 지나간 시간, 죽은 시간일 뿐이다. 중요한 건 빨리 잊고 빨리 새로 시작하는 일, 어서 새 사람을 만나고, 새 사랑을 만들고, 새 생활을 꾸미는 일이다. 그런데 나의 육체는? 나의 육체는 미래를 모른다. 오로지 과거만을 안다. 자기가 있었던 곳, 머물렀던 시간만을 안다. 자기가 만지고 감각하고 느꼈던 당신의 손, 팔, 입술, 목소리만을 안다.

나의 육체는 고집스러운 아이다. 아무리 맛있는 간식을 주어도, 아무리 새로운 장난감을 주어도, 울음을 그치지 않고 엄마의 귀환만을 기다리는 아이다. 또 바보 같은 황소다. 아무리 충고해도 알아듣지 못하고 침묵의 두 눈만 껌뻑이면서 배 속의 과거를 되새기고 또 되새김질하는 귀먹은 황소다. 또 죽어가는 멜리상드다. 너는 누구를 더 많이 사랑했니? 질투에 불타는 골로는 죽어가는 멜리상드에게 다그치지만 그녀는 침묵한다. '누구'라니? '더 많이'라니? 멜리상드는 골로의 질문을 이해하지 못한다. 그녀에게는 오직 한 사람 펠리아스만이 있을 뿐이니까. 그녀의 사랑은 펠리아스만를 향해서 남김없이 주어지는 사랑이니까.° 나의 육체도 마찬가지다. 나의 육체는 새로운 사랑을 모른다. 오직 당신에 대한 충성심, 일편단심만을 안다. 당신이 있었던 자리, 당신과 함께 머물렀던 과거의 시간만을 안다. 나는 부재를 숭

○ 모리스 마테를링크 《펠레아스와 멜리상드》

배하는 노예처럼 당신이 버리고 간 미련의 시간, 텅 빈 부재의 시간을 지킨다.

부재의 시간에는 둘이 있다. 하나는 사도 바울의 시간. 메시아가 떠나고 남은 시간, 메시아가 부재하는 바울의 시간은 그러나 부재의 시간이 아니다. 바울에게 부재의 시간은 오히려 약속의 시간, 메시아가 곧 다시 귀환할 시간, 다시 사랑의 육체로 가득 채워질 충족의 시간이다. 너무 바쁘고 기쁜 시간, 도래할 신랑 메시아를 위해 정성스레 신혼방을 꾸미고 준비하는 신부의 시간이다.° 그러나 나에게 남겨진 부재의 시간은 메시아의 시간이 아니다. 당신은 절대로 돌아오지 않는다. 약속도, 귀환도, 도래도 없다. 남은 건 다만 텅 빈 시간, 아무것도 채워질 것 없고, 아무것도 준비될 것 없는 시

° "형제 여러분, 이제 잠에서 깨어날 때가 되었습니다. 지금은 우리가 처음 믿던 때보다 구원이 더 가까웠기 때문입니다." / "그러니 나는 이제 여러분이 아무 근심 걱정 없이 지내기를 바랍니다."《로마서》13:11 /《고린도 전서》7:32

간, 참혹한 진공만이 가득한 부재의 순수한 시간이다.

부재의 시간은 미래가 없어진 시간이다. 당신을 잃어버린 시간은 앞으로 흐르지 못한다. 부재의 시간은, 방파제를 만난 파도처럼, 역류한다. 방파제는 파도를 더 거세게 할 뿐이다. 부재의 시간은 당신이 있었던 시간, 당신으로 충만했던 과거의 시간으로 막을 수 없이 역류한다. 헛된 미래를 좇느라 놓치고 말았던 과거의 순간들, 영원하리라 믿었던 사랑의 착각 때문에 지나치고, 잊었던 망각의 순간들로 역류한다. 당신의 곳곳, 당신의 모든 냄새, 그때 거기에 온전히 존재했던 당신의 부드러운 구석구석으로 스며든다. 그 부재의 전복, 불가능한 시간의 역류를 나는 막을 길이 없다.

베냐민은 말한다: "임종의 침상에 누운 사람의 눈앞으로는 그가 살았던 모든 생들이 파노라마처럼 흘러간다." 내게도 그렇다. 노예처럼 꼼짝도 않고 부재를 응시하는 나의 눈앞

으로도 당신의 순간들이 파노라마처럼 돌아온다. 베냐민은
또 말한다: "······그리고 내 생의 앨범을 빠르게 넘기면 그
안에 들어 있는 사진들이 영화처럼 살아나서 다시 움직이
지 않던가."° 내게도 또한 그렇다. 역류하는 당신의 조각난
순간들을 에디터처럼 빠르게 몽타주하면 당신이 영화 장면
처럼 살아나서 내게로 귀환한다. 〈죽어가는 노예〉°°의 고통
이 열락으로 건너가듯 부재를 응시하는 내게로 환희의 꿈
처럼 돌아온다. 그리하여 나는 텅 빈 부재를 향해서 두 손을
뻗는다. 덧없는 추억의 몽상이 아니라 생생한 실재의 환영
으로 다가오는 당신을 포옹하기 위해서······

° 《1900년경 베를린의 유년시절》
°° 미켈란젤로

거식증

"나는 부재를 먹으며 살아요"

이별 뒤에는 먹기가 싫어진다. 거식증이 시작된다. 처음에는 내가 좋아하는 음식들이 싫어진다. 그렇지만 그건 식욕이 사라졌기 때문이 아니다. 그건 오히려 심한 허기 때문이다. 당신이 좋아했던 음식들에 대한 맹렬한 허기.

나는 당신이 좋아했던 음식들을 찾아다닌다. 활어회, 피자, 스파게티, 생선구이, 생선초밥, 샐러드…… 하지만 그 음식들도 차츰 맛이 없어진다. 먹기가 싫어진다. 너무 맛있어요, 세상에 이런 음식들이 있다는 게 너무 행복해요, 라고 말하는 당신이 없으니까. 당신이 부재하는 당신의 음식들은 입안의 허무만을 가져오니까. 씹어도 아무 맛이 없으니까. 씹을수록 텅 빈 당신의 부재와 허무만이 입안에 가득할 뿐이니까. 그리하여 나는 당신의 음식들마저도 거부한다. 그럼 나는 무엇을 먹어야 하나. 세상에 내가 먹을 수 있는 음식은 없는 걸까. 나는 입안의 텅 빈 부재 앞에서 거식증의 슬픔으로 시들어간다, 나날이 말라간다.

카프카의 '단식 광대'도 슬픔에 빠졌던 게 아닐까. 그도 큰 사랑을 잃고 입맛을 잃어버린 이별의 주체가 아니었을까. 사랑의 슬픔으로 매일매일을 굶다가 서커스단으로 들어와서 광대가 되었던 건 아닐까. 단식 광대는 철창 우리 안에 앉아서 굶는 걸 공연한다. 잠도 자지 않고 물 한 모금 마시지 않으면서 굶기의 기술을 보여준다. 하지만 그가 보여주는 건 굶기의 기술이 아니다. 그건 슬픔이다. 일체의 음식이 부재하는 굶기의 철창 안에 앉아서 그는 음식의 거부가 아니라 저 입안의 부재 속으로, 사랑의 슬픔 속으로 떠내려간다. 텅 빈 입안의 공허, 부재의 슬픔, 그 끝까지 부표처럼 표류한다.

그런데 그가 가고자 하는, 도착하고자 하는 그 부재의 끝은 어디일까. 그곳은 예수도 굶기를 그만두었던 굶기의 한계, 40일 단식 너머의 어느 곳일까. 그러나 그는 거기에 도착할 수가 없다. 그의 단식 공연은 40일을 넘어서는 안 되기 때문에. 서커스 단장이 그에게 다만 40일까지의 단식만을 허락하기 때문에. 40일째가 되면 굶기의 철창문은 강제로 열리고 그는 우리 밖으로, 세상 속으로, 세상의 음식들 속으로 끌려 나와야 하기 때문에(단식 광대의 슬픔은 이별의 슬픔만이 아니다. 더 큰 슬픔은 마음껏 굶을 수 있는 자유의 부재. 굶기에의 금기 때문이다).

그런데 이 금기의 저편에는 무엇이 있는 걸까. 40일 단식 저편에는 무엇이 있어서 광대는 굶기의 한계를 넘어 기어이 거기에 도착하려는 걸까. 오랜 세월이 지난 뒤 마구간을 치우던 서커스 단장은 더러운 짚 더미 속에서 여전히 굶고 있는, 말라서 먼지처럼 작아져 있는 단식 광대를 발견한다. 그는 놀라서 묻는다: 너는 아직도 굶는가. 도대체 그렇게 멈추지 않고 굶는 이유가 무엇인가? 광대는 대답한다: 나도 먹고 싶어요. 내가 먹고 싶은 맛있는 음식을 마음껏 먹고 싶어요……

단식 광대가 굶는 건 거식증 때문이 아니다. 그건 맹렬한 허기와 식욕 때문이다. 나도 마찬가지다. 나의 거식도 참을 수 없는 탐식 때문이다. 그런데 나의 허기를 채울 수 있는, 나의 탐식이 만족할 수 있는 단 하나의 맛있는 음식은 뭘까. 그건 당신일까.

마지막 스침

"그것은 신호였을까?"

끝내야 하는 걸까? 조금 더 기다려야 하는 걸까? 이별의 고뇌는 오래고 길어도 이별의 순간은 얼마나 빠른지.

어느 날의 평범한 만남 속으로 이별은 내습한다. 거리에서, 차 안에서, 그 사람의 집 앞에서, 준비된 이별사도 포즈도 없이 치러지는 순식간의 이별. 나는, 손을 내밀며, 안녕이라고 말한다. 그 사람도, 잠깐 주었던 손을 빼면서, 안녕이라고 말한다. 말하면서 재빨리 돌아선다. 돌아서면서, 아주 빠르게, 우연처럼, 그 사람의 손이 나의 손을 한 번 더 스쳐간다.

'스침'이란 뭘까? 그 빠름은 뭘까? 그것은 무슨 신호일까?

이후 이 스침은 수없이 나를 스쳐간다. 생각 속에서, 기억 속에서, 심지어 꿈속에서도 당신의 마지막 손이 나를 스쳐간다. 그 스침이 스쳐갈 때마다 나는 희망과 절망의 경계를 넘나든다. 그 스침의 메시지는 무엇이었을까? 자신을 붙잡아달라는 신호였을까? ("왜 나를 그냥 보내려 하죠?") 이별을 또

한 번 확인시키는 단호함이었을까? ("나의 차가움을 오해하면 안 돼요.") 어느 때는 가족의 기호로, 어느 때는 불가촉의 기호로, 그 마지막 스침은 나를 현기증의 우리 안에 가두어놓는다. 우리 안에 갇힌 야생동물처럼 나는 흥분으로 들떠서 그 모호한 영역 안에서 미친 듯이 배회한다. 그러면서 그 마지막 스침의 모호함과 불확실성의 공간 안에서 나는 이별과 재회 그 어느 쪽도 결정하지 않을 수 있는 자유를 획득한다.

당신이 남긴 그 스침의 순간 속에서 이별은 뜨거워지고 부재는 타오른다. 그러니 그 누가 이제 당신이 차가운 타인이라고 감히 말할 것인가.

키스

"나는 벌어진 상처에게 수천 번 키스해요"

당신이 떠나면 부재가 남는다. 당신이 남긴 텅 빈 부재는 나의 벌어진 상처다. 나는 상처를 닫으려 하지 않는다. 오히려 벌어진 상처에게 집요하게 매달린다. 왜 나는 당신의 부재에게, 나의 벌어진 상처에게 그토록 매달리는 걸까? 왜 기필코 상처의 치유를 거부하는 걸까?

베르테르는 말한다: "이제 내게는 그녀의 사랑스러운 아름다움이나, 훌륭한 정신의 광휘 같은 것은 보이지 않는다. 그런 것은 모두 내 눈앞에서 사라져버리고 말았다. 로테는 피아노를 치면서 그 소리에 맞추어 달콤하고 나직하게 노래를 불렀다. 나는 그렇게 매력적인 그녀의 입술을 본 적이 없었다. 나지막하게 노래를 부르는 로테의 입술은 달콤한 곡조를 들이마시려고 허덕이는 것처럼 벌어져 있었다."

벌어진 로테의 입술 때문에 벌어진 욕망 앞에서 베르테르는, 처음에는, 놀라서 맹세한다: "나는 견딜 수가 없어서 고개를 숙이고 나에게 맹세했다. 거룩한 영들이 감돌고 있는 입술이여, 맹세컨대 나는 당신의 그 거룩한 입술에 입을 맞추겠다는 생각을 감히 하지 않겠다, 라고." 그러나 베르테르는 금방 다시 자신의 맹세에게 항의한다: "왜 나는 그녀의 발치에 몸을 던지지 못하는가? 왜 그녀의 목에 매달려서 수천 번의 키스를 퍼붓지 못하는가? 나는 단념할 수가 없다. 나는 그녀의 벌어진 입술에 키스를 하고 싶다!"

그리하여 마침내 베르테르는 알베르트가 없을 때 혼자 있는 로테를 찾아간다. 로테의 발아래 무릎을 꿇고 다가온 그녀의 벌어진 입술에 키스를 퍼붓는다: "베르테르는 두 팔로 그녀를 휘감아 가슴에 꼭 껴안은 다음, 그녀의 떨리면서 열린 입술에 미친 듯이 키스를 퍼부었다. '베르테르 씨!' 하고 로테는 외면하면서 숨 막히는 목소리로 외쳤다. '베르테르 씨!' 그녀는 힘없는 가냘픈 손으로 그의 가슴을 떠밀었다. 그리고 사랑인지 분노인지 모를 불안에 사로잡혀 몸을 떨면

서 말했다. '베르테르 씨, 이것이 마지막이에요. 다시는 당신을 만나지 않겠어요!'"°

그러나 로테의 입술 없이 베르테르에게 더 살아갈 이유가 있을까? 그녀의 벌어진 입술에 키스를 금지당하면서 더 살아갈 힘이 그에게 남아 있을까? 그는 어떻게 계속 살아가야 할까? 로테의 입술이 닫힌 지금 그는 어디서 더 살아가야 하는 이유와 힘을 얻어야 할까?

키스에는 두 가지가 있다. 하나는 흡입하는 키스 이 키스는 그 사람의 열린 입술을 통해서 그 사람의 모든 것을 내 안으로 빨아들인다. 목을 깨물어 그 사람의 피를 모두 빨아들이는 뱀파이어의 키스처럼. 베르테르는 로테의 벌어진 입술에 수천 번 키스하면서, 수천 번 로테를 빼앗는다. 붉고, 도

° 요한 볼프강 폰 괴테, 《젊은 베르테르의 슬픔》

133

톰하고, 촉촉한 두 장의 장미 잎처럼 포개진 입술. 그 입술이 벌어지면 입안으로 흘러들어 온몸을 채우는 이유식처럼 부드럽고 향긋한 냄새…… 세상을 살아가도록 힘을 주는 단 하나의 음식, 그건 이제 베르테르에게 로테의 벌어진 입술뿐이다. 베르테르는 로테의 벌어진 입술에 매달린다. 모유만이 단 하나의 음식이어서 어머니의 젖가슴 없이는 살아갈 수 없는 영아처럼…… 그러나 아이에게 어머니의 젖가슴이 금지되는 것처럼 로테의 입술도 베르테르에게 금지된다. 그러면 키스는 멈추는 걸까. 금지가 키스를 멈출 수가 있을까. 아이가 어머니의 젖가슴을 포기할 수 있을까. 젖가슴이 포기될 수 있는 것일까.

금지 이후에도 베르테르의 키스는 멈추지 않는다. 그것은 그의 집요한 수집벽이다. 그는 로테의 모든 것을, 그녀의 육체가 묻어 흔적을 남긴 모든 물건들을 수집한다. 로테의 가슴이 닿았던 분홍빛 리본(나는 알베르트가 생일 선물로 보내온 당신의 리본에게 수없이 키스합니다'), 손길이 스쳐간 편지('제발 편지 위에 모래를 뿌리지 말아주세요. 오늘도 편지에 키스하다가 모래를 씹었답니다'), 로테의 뺨을 만진 빛들의 실루엣 초상화, 로테와의 첫 접촉이 남아 있는 푸른 연미복('부디 연미복을 입혀서 나를 묻어주세요'), 마지막으로 그녀의 손이 전해준 권총을 수집한다('분명히 로테가 권총을 직접 전해주었나?', 베르테르는 묻고, '네, 로테 마님이 직접 벽장에서 꺼내어 주었습니다', 하인은 대답한다. '마침내 권총이 당신의 손을 거쳐서 내게로 왔습니다. 당신이 만진 권총에 나는 천 번이나 키스를 합니다'). 그리고 금지의 긴 밤이 끝나는 새벽에 베르테르는 그 권총으로 머리를 쏘아서 자신의 육체를 방혈시킨다. 누설된 그의 피들은 침대 위에 늘어놓은 로테의 물건들로 젖어서 스며든다. 베르테르의 혈액과 로테의 흔적들은 더는 헤어질 수 없는 두 육체처럼 섞인다. 그렇게 자살의 방은, 안티고네의 돌무덤처럼, 신혼의 방, 금지된 첫날밤의 방이 된다.

"오, 돌무덤이여, 깊이 파인 영원한 감옥이여, 폴리네이케스 오빠가 누워 있는 방이여, 새색시의 신혼방이여!"○

그러나 또 하나의 키스가 있다. 그건 그 사람의 벌어진 입술 안으로 나의 모든 것을 바치는 헌정의 키스. 성상에게 입을 맞추며 자신의 영혼을 모두 신에게 주어버리는 성스러운 키스, 두 젖가슴을 잘라서 은쟁반에 받쳐 들고 제단의 성상에게 바치는 성녀 아가타의 키스, 순결한 몸처럼 귀하고 비싼 향유병을 바닥에 던져 쏟아지는 기름을 머리칼로 적셔서 예수의 벗은 발을 씻어주는 마리아의 키스, 흡입이 아니라 헌신의 키스, 뱀파이어가 아니라 순교의 키스.

나는 베르테르처럼 당신의 흔적들을 수집하지 않는다. 내가 바라는 건 당신의 흔적이 아니라 오로지 당신뿐이니까.

○ 소포클레스 《안티고네》

나는 흔적으로 만족하지 못한다. 오로지 당신의 실재만이 나의 욕망과 슬픔을 멈추어주니까. 차라리 나는 텅 빈 당신의 부재 앞에서, '사랑의 관계가 끊어져 깊이 파인 고랑'○ 앞에서, 나의 벌어진 상처 앞에서 꼼짝도 하지 않는다. 그리고 키스하는 석상처럼 당신의 부재에게 내 상처의 키스를 헌정한다. 당신의 벌어진 입술인 당신의 부재에게 나의 벌어진 입술인 나의 상처로 끝없이 키스한다. 벌어진 상처를 쉬지 않고 혀로 핥으며 상처받은 자기를 위로하고 치유하는 동물처럼……

"상처, 사랑의 상처, 그것은 결코 닫힐 수 없는 존재의 근본적인 열림, 존재의 뿌리까지 닿는 열림이다. 그 열림으로부터 끝없이 유출되고 누설되는 것, 그것은 무엇인가."∞

○《애도 일기》
∞《사랑의 단상》

그것은 나에게 당신이다. 나는 당신의 부재에게 매달린다. 나의 벌어진 상처에게 매달린다. 베르테르가 상처에게 키스하면서 죽음 속으로 투신한 것처럼, 나도 나의 벌어진 상처에게 헌신의 키스를 멈추지 않으며 당신의 부재 속으로 투신한다. 그러면서 내가 뱀파이어였을 때 남김없이 마셨던 당신의 모든 것들, 당신의 체취, 당신의 부드러움, 당신의 목소리를 모두 부재에게 되돌려준다. 당신의 텅 빈 부재가 당신으로 가득한 실재가 되어 내 앞에 나타날 때까지……

사진

사진의 순간이란 어떤 순간일까. 사진의 순간은 내가 대상을 포착해서 나포하는 순간이 아니다. 사진의 순간은 대상이 나에게 자기의 모든 것을 다 주는 순간이다. 그 순간 나는 그 대상을 다 받아들이면서 셔터를 누른다. 그러면 태어나는 것, 그것이 사진이다.

나는 당신을 사진 찍은 적이 없다. 나는 당신의 사진을 단 한 장도 갖고 있지 않다. 하지만 내게는 수없이 많은 당신의 사진이 있다. 나의 추억 속에는 너무도 많은 사진이 들어 있는 당신의 앨범이 있다. 나는 이 수많은 당신의 사진들을 언제 어디서 어떻게 찍었던 걸까?

산다는 건 시간 속을 지나간다는 것이다. 시간 속을 지나간다는 건, 매 순간 우리가 우리를 떠난다는 것, 우리 자신을 지나간다는 것이다. 매 순간 존재하는 단 한 번의 우리와 매 순간 이별하면서 매 순간 다음 순간의 우리로 달라진다는

것, 그것이 시간 속에서 살아간다는 것이다. 산다는 것, 그것
은 매 순간 우리 자신과 이별한다는 것이다.

그리하여 우리는 우리의 주인이 아니다. 그때 거기에 존재
했었던 우리를 우리는 지나가야만 하니까, 떠나가야만 하
니까. 그리하여 우리는 본질적으로 허무주의자이다. 끊임없
이 나를 잃어버리지 않으면 안 되는 삶, 결국에는 아무것도
남겨지지 못하는 삶, 빈손만이 남아야 하는 삶, 가볍고도 가
벼운 비닐봉지처럼 속 빈 육신으로 남아 외롭게 무덤 안으
로 들어가야 하는 삶, 그래서 오래전 유행가도 슬프게 노래
했으리라: "인생은 벌거숭이, 빈손으로 왔다가 빈손으로 가
는 것······"○

사랑은 이 본질적 허무의 자궁으로부터 태어난 것이 아닐

○ 최희준, 〈하숙생〉

140

까. 이 본질적 허무로부터 벗어나기 위해서 우리는 그 누군가가 있어야만 했던 건 아닐까. 매 순간 떠나야 하는, 이별해야 하는, 덧없이 사라져야만 하는 나를 떠나지 못하도록, 사라지지 못하도록 꼭 붙들어줄 수 있는 누군가가 있어야만 했던 건 아닐까. 덧없이 사라지는 나를 남겨주고 싶은, 저장하고 싶은, 나의 모든 것을 다 주어서 그 사람 안에 간직하고 싶은, 그런 누군가를 우리는 애타게 그리워하고 찾았던 게 아닐까. 그리고 그때 그 누군가가 축복처럼 우리에게 오는 것이 아닐까.

돌아보면 당신도 그렇게 나에게 왔다.

……와서 빛났다. 당신의 모든 것을 나에게 다 주면서 찬란하게 빛났다. 오이포리(Euphorie)처럼, 마지막으로 타오르는 촛불처럼, 몰락하는 것들의 찬연한 아름다움으로 빛나던 당신의 순간들…… 그 순간들 앞에서 얼마나 자주 나는 '안

돼, 사라지면 안 돼!'라고 안타깝게 외쳐야만 했었는지. 덧없
이 사라지는 당신을 멈추게 하려고, 그 빛나는 순간들을 꼭
붙들기 위해서, 애타는 사진가가 되어 사랑의 셔터를 누르
곤 했었는지……

……그리고 당신은 지나갔다.

이제 그 아름다운 당신은, 그 빛나는 순간들의 당신은 당신
것이 아니다. 그 아름다운 당신을 당신은 이미 지나갔으니
까. 그 빛나는 당신은, 당신의 순간들은, 모두가 나의 것이다.
지나가면서 당신은 당신의 모든 것들을 다 나에게 주었으
니까. 사랑하는 아내 오키프의 모든 것을 찍으려 했던 스티
글리츠처럼 나는 당신의 모든 것들을 놓치지 않으려고 사
랑의 셔터를 눌렀으니까. 그리하여 당신은 떠나갔어도 나
에게 주었던 당신의 순간들은 나에게 남아 있다. 당신은, 떠
나버린 그 아름다운 당신(들)은 모두 내 안에 사진으로 남아

있다.

바르트에게 사진은 '어두운 방(camera obscura)'이 아니다. 사진은 '밝은 방(camera lucida)'이다. 살아 있는 것이 이미지로 고정되는 죽음의 방, 그러나 빛으로 찬란한 방. 사라진 순간들이 '그때 거기에 있었음'의 빛으로 생생하게 살아 있는 방. 그때 거기에서 사라진 당신의 순간들이 지금 여기에서 기적처럼, 부활처럼, 당신의 빛나는 모습들로 다시 태어나는 방.

당신이 남긴 부재의 공간도 밝은 방이다. 당신이 없는, 당신의 순간들이 찬란하게 빛나는, 떠난 당신이 매번 수없이 다시 태어나 내게로 돌아오는 방…… 어떻게 내가 그 부재의 방을 떠날 수가 있단 말인가?

욕망

"나도 당신처럼 욕망으로 낄낄거리고 있어요"

사랑의 시절에 당신과 나 사이에 금기 같은 건 없었다. 우리
의 사랑은 온전했고 불온한 그 무엇도 그 안에 없었으니까.
그러나 이별 후에 나는 당신에게 금기를 내린다. 엄중하고
엄격한 금기가 아니라 아주 간절한 금기: "제발 그것만은 안
돼요"라고 애타게 부탁하는 금기. 그러나 금기는 위반하기
위해 존재하는 것. 나의 간절한 금기는 깨지고 만다. 당신이
새로운 사람을 만났다는, 새로운 연애를 시작했다는 불안
한 소문은 사실로 확인된다.

나는 절망한다. 하지만 당신을 비난하지 않는다. 그건 내가
이미 절망을 받아들이고 있었기 때문이다. 간절하게 금기
를 내렸으면서도, 이미 그 금기가 지켜질 수 없다는 것, 결국
위반되고 말 거라는 사실을 잘 알고 있었기 때문이다. 그래
서 견딜 수 없이 고통스러우면서도 그 절망은 분노가 되지
않는다, 미움으로 건너가지도 않는다. 오히려 나는 고개를
끄덕인다, 절망 속에서 그 절망을 승인한다⋯⋯

그런데 나는 무엇을 승인하는 걸까. 그건 나의 절망도 당신의 새로운 사랑도 아니다. 그건 '욕망의 낄낄거림'이다. 나는 당신이 나를 배신했다고 생각하지 않는다, 그렇게 빨리 나를 잊었다고 생각하지도 않는다. 나는 안다, 당신은 다만 몸속에서 들려오는 욕망의 낄낄거림을 따라갔을 뿐이라는 걸. 나는 또 안다, 당신이 그사이 많은 노력을 했었다는 걸, 그렇게 빨리 나를 잊지 않으려고, 그렇게 빨리 새로운 연애를 시작하지 않으려고, 그 욕망의 낄낄거림에 때로 귀를 막기도 했으리라는 걸. 그러나 나는 더 잘 안다, 그 욕망의 낄낄거림은 멈추지 않는다는 걸, 귀를 막으면 막을수록 더 유혹적인 목소리로 당신에게 속삭인다는 걸, 그래서 당신은 결국 그 낄낄거림을 따라갈 수밖에 없었다는 걸, 세이렌의 노래를 따라갔던 뱃사공들처럼……

바르트도 욕망의 금기를 지킬 수 없었다. 어머니를 잃고 죽을 것 같으면서도 그는 모로코의 저녁 카페에서 소년을 구하고, 밤의 센강 퐁네프 다리 밑에서 젊은이와 만나는 일을 멈출 수 없었다. 그런 밤에 그는 썼다: "애도의 슬픔으로, 마음의 번민으로 내내 시달리면서도(그것도 더는 아무것도 할 수 없을 정도로, 결코 빠져나갈 수 없을 만큼 그렇게 지독하게 괴로워하면서도), 그런 건 아무 상관이 없다는 것처럼(너무 애지중지 자라서 버릇이 없는 아이처럼), 여전히 잘 돌아가는 습관들이 있다. 욕망의 낄낄거림, 작은 탐닉들, 난-너를-사랑해라는 욕망, 아주 빨리 사라져버리는, 곧 다시 다른 사람에게로 방향을 바꾸는 그런 욕망들……"○

스완의 아버지도 욕망의 유혹을 이길 수 없었다. 아내를 잃어버린 슬픔에 젖어 산책을 하다가도 길가에 피어 있는 꽃들을 보면 마르셀의 할아버지에게 어린애처럼 감탄하면서 말하곤 한다. 여보게, 이 아름다운 꽃잎들을 보게나. 이 향기

○《애도 일기》

로운 냄새를 좀 맡아보게나…… 그러다가 그는 곧 다시 죽은 아내를 기억하고 슬픔에 젖어서 좀 겸연쩍은 눈으로 친구를 바라보며 고백한다: "나는 왜 이럴까. 아내가 너무 그립다가도 이런 꽃들을 보면 금방 잊어버리고 말아. 사실 나는 죽은 아내만 생각하는데 어쩐 일인지 한꺼번에 오래 생각할 수는 없다네. 그래서 이렇게 자주, 짧게만 생각하곤 한다네."∞

그러나 나는 하루 종일 당신만 생각한다. 그 어떤 아름다운 꽃도 향기로운 냄새도 내 생각을 당신으로부터 떼어내지 못한다. 나는 스완의 아버지가 아니다. 바르트는 더더욱 아니다. 나는 바르트처럼 새로운 사랑을 시작하지 못한다. 당신을 다른 사람으로 대체하지 못한다. 새로운 연애로 환승하면서 이별의 불행과 아픔을 치유하지도 못한다.

∞ 마르셀 프루스트《스완네 집 쪽으로》

그러면 내게는 욕망의 낄낄거림이 없는 걸까? 그렇지 않다. 나 또한 욕망으로 낄낄거린다. 다만 나는 당신과는 다른 방식으로 그 욕망의 낄낄거림에 응답하고 따라갈 뿐이다. 왜 새로운 연애를 시작하는 일만이 욕망의 낄낄거림을 따라가는 일인가? 왜 새로운 사랑을 끝까지 거부하고 가망 없는 사랑에만 매달리는 건, 이렇게 당신의 부재 앞에서 집요하게 머무는 건 욕망의 낄낄거림이 아닌가?

그리하여 나는 내 욕망의 낄낄거림을 승인한다. 당신처럼 나도 욕망으로 낄낄거린다. 부재의 자리를 떠나지 않으면서, 덧없이 당신에게만 매달리면서, 나의 욕망을 껴안고 철없는 아이처럼 낄낄거린다······

기쁨

"나는 당신의 부재 앞에서 기뻐하고 있어요"

감사의 행복.

대수롭지 않음

"이런 순간에 내가 필요로 하는 건 질베르트의 편지도 아니에요"

"이런 순간에는, 그토록 기다리는 질베르트의 편지조차도
내가 원하는 것은 못되리라."
"사건들이 두서없이 일어나는 삶 속에서는 행복도 엇갈리
면서 찾아온다. 즉 내가 그것이 꼭 있었으면 하는 그때에는
나를 찾아오지 않는 것, 그것이 행복인 것이다."○

○ 프루스트

고백

"미안해요, 그 사이에 몇 번 다른 사람을 만났어요"

이별하는 시간은 얼마나 잔인한지…… 그건 그 시간이 연애가 끝나는 시간이기 때문이 아니다. 그건 그 시간이, 갑자기 내가 신부라도 된 것처럼, 내가 당신의 고해성사를 치러야 하는 시간이기 때문이다. 잠깐 머뭇거리지만, 이윽고 오랜 부담을 털어버리는 사람처럼, 당신은 단호하고도 자명한 목소리로 내게 고백한다: "미안해요, 그 사이에 몇 번 다른 사람을 만났어요."

나는 놀란다. 하지만 너무 많이 놀라지는 않는다. 그냥 입술을 조금 세게 물거나 고개를 주억거리면서 묵묵히 당신의 고백을 승인한다. 그런 줄 알았다는 것처럼, 짐작이 맞았다는 것처럼, 이미 선고를 받고 집행의 통보를 기다려온 사형수처럼 오히려 침착하게. 잔인한 건 당신의 고백이 아니다. 잔인한 건 나의 침착함이다. 이 침착함은 어디서 오는 걸까? 나는 이 침착함을 어디서 배운 걸까?

"당신을 만나는 순간에 나는 이미 두려움으로 떨기 시작했었죠"라고 라 포르슈는 고백한다. 그런데 돌아보면 나 또한 그렇지 않았던가. 당신을 처음으로 보았던 순간, 절벽 끝에서 추락하듯 당신의 투명한 눈 안으로 굴러떨어지던 첫 만남의 순간에, 나는 이미 불안에 떨지 않았던가. 아무래도 사랑에 빠진 것 같아요, 라고 당신이 나에게 사랑을 고백하던 순간, 기쁨의 빛으로 온 마음이 폭발하던 그 황홀의 순간에도, 나는 벌써 큰 두려움으로 온몸이 떨리지 않았던가.

이미, 미리, 벌써. 이 불가능한 시간부사는 시간 아닌 시간이 있음을 증명한다. 아직 일어나지도 않았건만 이미 오래전에 일어나버린 사건, 아직 오지 않았지만 벌써 와서 지나가버린 사건, 아직 당신은 다른 사람을 만나지 않았지만 나에게는 벌써 당신이 여러 사람을 만나버린 사건, 당신은 이제야 고백하지만 이미 고백받은 이 사건은 나에게 언제 일어난 걸까. 당신은 언제 이미 다른 사람을 만나고 나는 언제

벌써 그런 당신을 알아버린 걸까. 그때 당신은, 나는, 어떤 시간 안에 있었던 걸까. 이 불가능한 사건의 시간을 가리키는 시계는 어떤 시계일까.

연애의 시간 안에는 두 개의 시계가 있다. 만남의 시계와 사랑의 시계.

연애의 시스템이 잘 돌아가는 동안에는 만남의 시곗바늘도 탈 없이 잘 흘러간다. 우리는 약속하고, 만나고, 식사하고, 영화 보고, 애무하고, 서로의 육체 위에다 서로의 도장을 찍는다. 사소한 갈등, 약간의 불화, 제법 진지한 다툼들이 물론 있다. 하지만 잠깐씩 멈추면서도 정확한 만남의 시곗바늘은 연애가 무사함을, 잘 지속되고 있음을 늘 가리킨다. 그렇게 만남의 시계는, 연애의 시스템은, 어느 날 이별이 올 때까지, 멈추지 않고 무사하게 잘 지속된다.

그런데 또 하나의 시계가 있다. 그건 사랑의 시계다. 연애의
시스템 안에서 사랑의 시계는 만남의 시계와 잘 구분되지
않는다. 만남의 시계가 잘 돌아가는 동안, 우리는 그 바늘이
사랑의 시간을 가리키는 거라고 믿기 때문에.

물론 때로 위기 감각이 눈을 뜰 때가 있다. 만남의 시계는
잘 돌아가건만 어쩐지 무언가, 그것도 결정적인 그 무엇이
잘 돌아가지 않는 것 같은 불길한 예감. 그럴 때 당신은 나
에게 묻는다: 날 사랑하나요? 얼마만큼요? 나는 대답한다:
그럼요. 하늘만큼요, 바다만큼요…… 나는 당신을 꼭 안아
주고, 당신은 불안한 나의 포옹 속에서 또 확인한다: 우리는
애인인 거죠? 그럼요, 우리는 사랑하니까요, 서로 죽고 못
사니까요, 나는 확인해준다. 그렇게 연애의 시스템은 복원
되고, 우리는 믿음을 회복한다. 우리는 잘 만나고 있고, 그러
니까 탈 없이 사랑하고 있는 거라는 믿음. 만남의 시간이 지
속되니까 사랑의 시간도 지속되는 거라는 믿음.

하지만 그럴까? 만남의 시간이 사랑의 시간일까?

"열다섯 살 반, 나는 메콩강을 건넜다. 그리고 열여덟 살에 이미 늙어 있었다." 마르그리트 뒤라스는 말한다. 열여덟 살에 이미 늙어버린 여자. 무엇이 그녀를 그토록 순식간에 늙게 만들었을까. 그건 그녀가 메콩강을 건넜기 때문이다. 메콩강을 건너자 거기에 중국인 남자가 있다. 그의 검은 리무진이 서 있다. 그녀는 리무진 안으로 들어간다. 그리고 1년 뒤 다시 리무진에서 내린다. 파리로 떠나는 배를 타기 위해서, 중국인 남자와 영원히 이별하기 위해서. 그 타고 내림 사이에 무슨 일이 있었던 걸까.

그 사이에 콜랑의 밀실이 있었다. 거리의 햇빛이 스며들고, 시장의 소음이 들려오는 방, 그러나 이 세상 어디에도 속하지 않는 방, 있을 수 없는 사랑이 있을 수 있는 사랑으로 바뀌는, 반쯤 블라인드가 내려진 방이 있다: "그 방은 도시의 소음에 둘러싸여 있었고, 도시 안에 파묻혀 있었고, 도시라는 기차 안에 실려 있었다. 창문에는 유리창이 없었고, 발과

블라인드만이 내려져 있었다."° 그 방의 침대에서 그녀는
말한다: 당신이 돈 주고 사는 여자처럼 나를 다루어주세요.
남자는 '울면서', '그녀가 자기의 유일한 사랑이라고 말하면
서', 그녀를 그렇게 다루어준다. 그리고 그들은 '정말로 거의
죽을 지경까지' 간다.

그 방의 벽에도 시계가 걸려 있었을까? 이 불가능한 사랑은
얼마나 오래 지속된 걸까? 며칠? 몇 달? 몇 년? 그럴 수 있
다. 그들은 이후에도 오랫동안 서로 만났으니까. 하지만 그
런 계산은 무효하다. 그런 계산은 지속의 시계만이 알고 있
는 계산법일 뿐이다. 사랑의 시간은 그런 계산법을 모른다.
사랑의 시간은 순간이니까.

순간은 시간이면서 시간이 아닌 시간이다. 불꽃이다. 타오

○ 마르그리트 뒤라스, 《연인》

156

르는 순간 '이미' 소멸해버리는 시간. 존재하는 순간 '벌써' 부재하는 시간. 현재이면서 이미, 벌써 과거인 시간. 리무진을 타자 이미 내리는 시간. 만남이자 벌써 이별인 시간.

나는 당신과의 오래였던 만남의 시간을 돌아본다. 그리고 물어본다. 그 긴 시간 안에 사랑의 시간은 얼마나 지속되었을까. 만나자마자 당신은 이미 나를 사랑하지 않았는지 모른다. 이미 사랑의 순간을 벗어났는지 모른다. 그러나 첫 순간은 너무 결백하고 아름다워서 모든 거짓들을 다 순결한 빛으로 지워버린다. 사랑이란 그런 걸까. 한순간 빛나면 이미 끝인 걸까. 끝인데 영원히 끝나지 않는 끝인 걸까. 첫 순간의 빛 속에서 모든 끝들은 하얗게 지워져버리는 걸까.

사랑의 첫 순간은 사랑의 시스템 안에서는 계속될 수 없는지 모른다. 그래서 당신은 '그 사이에' 다른 사랑을 시작했어야 했는지 모른다. 하지만 고백도 용서도 필요 없는지 모른

다. 가슴은 아파도 어쩌겠는가, 사랑의 순간이 그토록 짧은
것을……

그러나 또 하나의 순간이 있다. 길고도 긴, 사라지지 않고 지
속되는 사랑의 순간이 있다. 그건 만남이 아니라 만남 뒤의
순간, 이별의 순간이다. 부재는 사라지지 않는 사랑의 순간
이 갇혀 있는 공간이다. 그 공간 안에서 나는 꼼짝도 하지
않는다.

사진

"당신의 사진이 없어서 얼마나 다행인지요……"

내게는 당신의 사진이 없다. 나는 왜 당신의 사진을 갖고 싶지 않았던 걸까. 그건 당신과의 이별이 상상도 할 수 없는 것이었기 때문이었다. 사진이 무슨 필요람? 나는 보고 싶으면 당신을 언제라고 볼 수 있는데? 그깟 거짓 이미지가 무슨 소용이람? 만질 수도, 안을 수도, 냄새 맡을 수도 없는 그런 당신의 이미지가 무슨 소용이람……

당신은 내게 사진 속에서 사는 사람이다. '그때 거기에 그랬음'으로만 존재하는 애인이다. 사진이 아닌 당신은, 이별 후의 당신은 나에게 타인일 뿐이다. 그 후의 당신이 없다. 당신은 그때 죽은 걸까. 나는 당신의 장례를 치른 걸까.

시오랑은 말한다: "경쾌한 슬픔도 있다. 어젯밤 나는 나의 전생에 대한 장례식에 다녀왔다." 이별도 장례식인지 모른다. 그때 나는 이미 당신의 장례를 치렀는지 모른다. 그리하여 이후 당신은 내게 죽은 사람인지 모른다. 당신은 나에게

죽은 사람일까. 더는 존재하지 않는 존재일까. 당신에게는
내게 고통을 가할 자격이 없는 걸까.

그러나 사진이 있다. 찍지 않았지만 내게 남아 있는 당신의
포트레이트가 있다. 그 초상 사진 안에서 당신은 '그때 거기
에 그렇게 있었다'.

그리하여 부재의 공간은 사진의 공간이다. 외부와 차단된,
지금의 당신과 무관한 프레임 공간. 그것이 내게는 부재의
공간이다. 그 텅 빈 공간 안에서 당신은 나만의 당신이다. 그
때 거기에서 그렇게 당신이 나만의 애인이었듯이……

착한 마음

"당신을 자주 생각해요, 그렇지만 아주 오랫동안 생각할 수는 없어요"

나는 그 사람이 나를 아주 많이, 아주 오래 기억하기를 바란다. 그리고 혹시 그 사람이 일상을 잘 살아가고 있으며, 자주 웃기도 한다는 말을 들으면 억울하고 가슴이 아파진다. 아, 그 사람은 나를 많이 오래 생각하지 않는구나. 나는 이렇게 오로지 그 사람만을 생각하건만……

그러나 그 사람이 나를 많이 오래 생각하지 않는 건 그 사람의 '착한 마음' 때문이다. 착한 마음은 히스테리를 모른다. 착한 마음은 생을 사랑하는 마음이다. 그래서 이별 뒤에도 슬픔에 젖은 그 사람은 히스테리를 모르는 착한 사람이기 때문에 나를 오래 많이 생각할 수가 없다. 그 사람은 너무 슬프다. 그러나 그 사람은 오래 한꺼번에 많이 슬퍼하지 못한다. 그 사람은 착한 사람이므로. 그 사람은 나를 미워하지 않으므로. 그 사람은 나를 여전히 사랑하므로.

그러나 나는? 집착하는 나는? 내 슬픔은 에고의 슬픔이다. 히스테리다.

이름

"나는 당신의 이름에 매달려요"

이름이란 뭘까. 그건 사랑하는 사람이 불러주기를 기다리는 그 사람의 영혼이 아닐까.

"사랑하는 사람은 무엇보다 서로의 이름에게 매달린다."○

"우리 이제 이름을 부를까요.○○ 질베르트가 나의 이름을 불렀을 때, 나는 나신이 되어 그녀의 입안에서, 혀 위에서 애무를 당하는 느낌이었다."

자기의 이름을 좋아하는 사람이 있을까. 당신도 또 나도 서로가 만나기 전에는 자기의 이름을 사랑하지 않았다. 그래서 당신은 말했다: "나는 내 이름이 맘에 안 들어요." 나는 말했다: "미안해요, 당신의 아름다운 입술이 나의 이름에 어울리지 않아서……"

사랑한다는 건 누군가가 자신의 이름을 부른다는 것이 아

○ 발터 베냐민,《일방통행로》
○○《잃어버린 시간을 찾아서》

닐까. 그 사람이 나를 사랑한다는 증거는 그 사람이 부르는
나의 이름이 빛나게 되는 것이 아닐까. 그래서 말하고야 마
는 것이 아닐까: 나는 내 이름이 이렇게 아름다운 소리인지
는 처음 알게 되었어요, 라고.

Lolita Effekt(486): "스완의 이름을 철자를 떼어 읽으면 그 철
자들은 매번 새로운 놀라움을 가져다주었다(Orthographie).
늘 그 이름에 붙어 있던 친숙함이 사라지면서 그 이름도 전
혀 낯설고 새로운 것이 되었다."

사랑은 결국 끝나고 만다. 그 끝남의 운명은 아무리 뜨겁고
진실한 사랑이라도 배신과 패배의 나락으로 굴러떨어지게
만든다. 하지만 이별이란 무엇일까. 이별은 이중적이다. 이
별은 사랑이 패배와 배신으로 건너가는 분기점이다. 그러
나 이별은 동시에 사랑이 그 운명으로부터 구원되는 시점
이기도 하다. 이때 이별의 주체는 태어난다.

배신

"미안해요, 나는 다른 사랑을 시작했어요"

이별의 주술권 안에서 사랑의 마음은 얼마나 오래 지속될 수 있을까? 처음에 나는 당신을 여전히 사랑한다, 당신을 다 이해하려고 애쓴다. 당신의 따뜻한 목소리, 다정한 애무를 잊지 않으려고 애쓴다. 그러면서 당신을 계속 그리워하려고 애쓴다. 우리의 연애는 순수한 것이었다고, 멋진 것이었다고, 부끄러움 없는 것이었다고 주장하기를 멈추지 않는다. 그러나 이윽고 이별의 주문은 바뀐다. 나는 어느 때인가부터 당신을 미워하기 시작한다. 당신의 사랑 안에서 배신의 음모를 추적한다. 당신이 얼마나 교활하고 이기적이고 계산적이었던가를 스스로에게 확인시키려고 애쓴다. 그리고 마침내 가슴을 치면서 억울해한다: "아아, 나쁜 사람, 당신은 내내 나를 속여왔군요!" 그리고 스완처럼 나의 어리석음을 저주한다: "내 타입도 아닌 여자 때문에 그 많은 세월을 괴로워하면서 허비하다니!"

미움의 주문은 빨리 시작될 수도 있고 아주 늦게 시작될 수도 있다. 하지만 하나의 사건 앞에서 미움의 주문은 피할 수가 없다. 그건 내가 가장 두려워하던 사건, 제발 그것만은 안돼, 라고 마음속으로 당신에게 간절히 부탁했던 사건, 그 사건이 일어났을 때이다. 당신이 다른 사랑을 시작하는 사건이다. 처음에 오히려 나는 아주 침착해진다. 그래, 그럴 수 있지, 아니, 그건 당연한 일이야, 오히려 잘된 일이야……라고 나는 고개를 끄덕인다. 마음이 흔들리지도 않는다. 무거운 추가 달린 것처럼 그 어느 때보다도 동요 없이 차분하다. 심지어 혼자 중얼거리며 그 사람을 축복하기도 한다: 그래요, 새 사람하고 행복하세요……

하지만 이윽고 추가 조금씩 흔들리기 시작한다. 다시 세우려고 하지만, 이런 경우, 한번 흔들리면, 이미 늦은 것이다. 추는 점점 더 진동이 넓어지고, 침착하고 굳건하던 마음은 금이 가고 균열이 생기면서 무너지기 시작한다. 그리고 마침내 붕괴. 마음의 폐허 앞에서 나는 절망한다. 절망은 미움이 된다. 미움은 증폭되고 마침내 자기를 초과한다. 나는 당신을 망가뜨리기 시작한다. 사랑의 시간들을 샅샅이 뒤지면서 배신의 음모를, 증거를 찾아내기 시작한다. 그러면 곳곳에서 발견되고 수집되는 그 많은 배신의 알리바이들……

미움은 분노가 되고 분노는 원한이 되고 원한은 복수의 음모가 되는 걸까. 나도 다른 사랑을 시작한다…… 그리고 깨닫는다. 새로운 사랑을 시작한 건 당신이 미워서가 아니라는 걸. 오히려 당신을 미워하는 내가 미워서라는 걸. 그 미움을 멈출 수가 없는 내가 두려웠다는 걸. 그래서 또 다른 사랑이 필요했다는 걸. 당신을 미워하지 않기 위해서 나는 따뜻함이, 다정함이 필요했었다는 걸. 그 따뜻함과 다정함에 기대어서만 당신에 대한 사랑을 지킬 수 있었다는 걸……

하지만 왜 나만일까요? 왜 당신이라고 다를까요? 당신의 새로운 사랑도 그렇지 않은가요? 당신도 나를 미워하는 당신이 너무 싫고 두려워서 위안이 필요했던 것이 아닌가요? 누군가의 따뜻함이, 다정함이, 사랑의 손길이 있어야 했던 게 아닌가요? 그래서 새로운 사랑을 시작해야만 했던 게 아닌가요?

영화 〈프랑스 여인〉에서 화냥년이라는 비난을 받는 여인은 말한다: "나는 남자들의 친절함이 필요했어요. 그렇게 해서만 돌아오지 않는 당신을 밤마다 그리워하면서 기다릴 수 있었어요."

유치함

"나는 나날이 유치하게 죽어가고 있어요"

이별 후에 나는 나날이 유치해진다. TV 드라마를 보고 울고, 대중소설을 읽으며 가슴이 아프고, 순정 만화를 보면서 그리움에 빠진다. 나는 이런 사람이 아니건만, 중얼거려봐도 소용이 없다. 나는 나의 유치함을 막을 길이 없다.

그러나 연애를 할 때도 우리는 유치하지 않았던가. 당신을 생각하기만 해도 마음이 울렁이고, 당신의 손짓만 봐도 세상이 흔들리고, 당신이 사용하는 단어, 당신이 좋아하는 음식, 당신이 즐겨하는 농담이 진실이 되지 않았던가.

연애의 유치함이 상승하는 유치함이라면 이별의 유치함은 하강하는 유치함이다. 유치해지면서 나는 점점 더 어디론가 하강한다. 오르페우스가 하데스까지 내려가려는 것처럼 나는 늪에 빠진 사람처럼 우울과 슬픔과 고독의 땅 밑으로 하강한다. 그 하강의 길은 동시에 세상이 칭찬하는 모든 것들을 관통하는 길이기도 하다. 그 길을 관통하면서 나는 그동안 나를 기쁘게 하고 들뜨게 하고 믿음을 갖도록 했던 모든 것들이 포장이고 거품이었음을 알게 된다. 세상이 온통 유치함이고 거품이라는 걸 깨닫게 된다. 저 정치의 유치함, 사회의 유치함, 문화의 유치함, 그리고 연애의 유치함들……

모든 유치함들을 거쳐서 나는 유치함의 끝에 도달한다. 그러면 거기에 진지함이 있을까. 아니, 그 끝에서, 유치함의 끝에서 나는 또 하나의 유치함을 만난다. 내 에고의 가벼움, 평범함, 단순함, 천진함, 순박함…… 나는 얼마나 유치한 존재인가. 마치 껍질을 벗는 뱀처럼, 나는 유치함을 벗으며 유치해진다……

멂과 가까움

당신의 부재 앞에서 당신을 생각한다는 것, 그건 당신에게 가장 가까이 있으면서 가장 멀리 있다는 것이다. 그건 어떤 상태일까. 나는 당신에게 매달려 있지만, 당신은 나에게 아무 상관도 없는 사람이다. 나는 가장 뜨거우면서 가장 차가운 사람이다. 나의 머리는 온통 당신으로 가득해서 터질 것 같지만……

반지

"제발 그 반지만은 버리지 말아주세요!"

마흔아홉 개의 은빛 방울들. 사랑으로 빛났던 순간들. 그 반지를 고를 때 나는 이미 알았던 걸까. 이 은빛의 큐빅 방울처럼 우리의 사랑이 알알이 빛나리라는 것을. 그러나 빛나던 사랑의 순간들이 마흔아홉 개뿐이었을까. 언젠가 나는 말했었다: "이 반지는 상징이에요. 우리의 순간들은 무한해요. 마흔아홉 개의 은빛 방울들은 무한대의 상징일 뿐이에요."

그러나 사랑은 끝나고 사랑이 빛나는 순간들도 멈추었다. 그러면 무한대의 순간들도 끝난 걸까? 사랑의 시스템 안에서 은빛 반지는 빛나기를 그만두어도 이별의 주술문권 안에서 그 빛남은 계속된다. 사랑의 구조 안에서 빛날 수 없었던 순간들은 이별의 주술문권 안에서 빛나기 시작한다. 그러니: 제발 그 반지만은 버리지 말아주세요!

"중국 사람들은 옥을 오래 간직하면 그 옥이 자신의 일부가

된다고 믿어요. 그래서 사랑하는 사람과 헤어질 때 자기가
가진 옥 하나씩을 주는 거예요."○

○ 영화 (모정)

육체

"당신은 몇 개의 육체를 가졌나요?"

"누군가를 사랑하면, 그 사람만을 생각하다 보면, 거의 모든 책에서 그 사람의 초상을 발견한다. 심지어 그 사람은 주인공이었다가 그 적수가 되기도 한다. 그렇게 그 사람은 소설들에서 무수히 변신하면서 존재한다."∞

∞《일방통행로》

그림자

"그때 당신은 탁자 위에 그늘을 만들었지요……"

부재의 공간은 당신이 만들었던 그늘의 공간이다. 당신의 육체가, 나를 사랑하는 당신의 육체가 탁자 위에 만들었던 그림자이다.

나는 이제 그 그늘의 공간, 새들이 숨어들었던 나무 그늘들 사이에서, 당신의 모든 것을, 당신의 놀라운 빛들을 다시 만난다.

고통

너무 힘들면 나는 그 사람을 버리려고 한다. 그러면 안에서 목소리가 들린다, 그건 안 돼, 라고 나는 질겁하면서 물러난다. 그리고 나를 고발한다. 어쩌면 그런 생각을 하지, 이 철면피야. 네가 받은 사랑이 얼만데, 세상에…… 그러면 나는 그 사람을 더 꼭 껴안는다. 숨이 막히도록 껴안는다. 아아, 숨 막혀요, 라고 신음하는 건 그런데 나다. 그 사람을 꼭 껴안으면서 나는 숨이 막힌다, 수술 자리에 다시 수술을 하는 것처럼, 나는 고통에 몸부림친다. 프루스트의 마르셀처럼: 나는 고통을 껴안는다. 차라리 고통의 못이 더 깊이 박히기를 원한다……

일

당신이 떠나면, 나는 내가 제일 잘 숨는 곳으로 도피한다. 그건 일이다. 나는 일들을 부탁하고 모아서 그 안으로 파묻힌다. 낮이고 밤이고 일을 한다. 사이도 없이 일을 하면서 지쳐간다. 지치면 잊을 수 있으니까. 하지만 결국 그 일들을 집어치운다: 이건 일이 아니야. 이건 노동일 뿐이야.

일과 노동은 다르다. 노동에는 없는 것이 일에는 있다. 그건 '사이'다. 일과 일 도중에 늘 존재하는 사이들. 책을 읽고 글을 쓰다가 얼마나 자주 나는 고개를 들어 뜻 없이 창밖을 바라보는가. 그러면 언뜻언뜻 지나가는 사이들. 그 사이에 당신이 있고 약속이 있고 만남이 있다. 자주 묻던 당신: 날 많이 생각하나요? 나의 대답: 당신은 사이사이 지나가요……당신이 없으면 사이도 없다. 사이가 없으면 일도 없다. 그저 교환을 위한 노동만이 있을 뿐.

내가 하고 싶은 건 일이지 노동이 아니다. 하지만 나는 무슨 일을 할 수 있을까. 당신도 없고 사이도 없는, 오로지 노동만이 남아 있는 세상에서 나는 무슨 글쓰기를 할 수 있을까. 사건 없는, 사이들만 가득한, 열린 노트북처럼 먼 하늘처럼 텅 빈 글쓰기, 부재의 글쓰기—그런 글쓰기도 있을까.

바르트: "나는 스스로 기념비가 되고 싶은 게 아니다. 마망은 글을 쓴 적이 없다. 마망은 잊히면 안 된다. 내가 대신 글을 쓰지 않으면 아무도 마망을 기억하지 못할 것이다."○

카네티: "나는 왜 글을 쓰는가. 그건 나를 위해서가 아니다. 그건 내가 사랑했던 사람들을 기념비로 만들기 위해서다. 그것이 나의 글쓰기가 죽음과 맞서는 단 하나의 이유이다."∞

○《애도 일기》
∞《합스테이드에서의 기록들》

뻔뻔스러움

"당신 없이 지낸 날들이 얼마나 오래되었는지……"

그 사람이 없어도 잘 살아온 시간들, 그 삶의 뻔뻔스러움, 진
부함……

울음

"나는 정신을 차리고 울어요"

당신이 너무 보고 싶어서 또 울어요. 눈물이 강이 되고 바다가 될 때까지 울어요. 그 바닷속으로 익사해서 그만 내가 사라지고 말아요. 그런데 내가 사라지면 당신도 사라지잖아요. 그건 안 돼요. 당신이 없어지면 안 돼요. 그래서 나는 정신을 차리면서 울어요……

산초: "주인님, 슬픔은 인간만의 것이지만 너무 슬퍼하면 사람은 그만 동물이 되고 만답니다……"○

○《돈키호테》

사랑과 죽음

사랑이 끝나면 죽음만이 남는다는 것. 죽음에게 내던져진다는 것. 그래서 네가 새로운 사랑을 시작하는 건 당연하다. 나는 너의 새로운 사랑을 막을 수 없고, 막아서도 안 된다는걸 잘 알고 있다. 하지만 나는 새로운 사랑을 시작할 수가없다. 너 이외의 그 누구도 나는 새로운 사랑이라는 이름으로 받아들일 수가 없다. 그래서 나는 죽음에게 내던져진다. 봉헌된다. 나는 그걸 무엇으로도 막을 수가 없다.

죽음의 제단에 제물로 바침을 당해도 저항하지 않는 사람, 그는 사랑이 끝난 사람, 사랑을 새로 시작할 수 없는 사람이다.

환

당신이 떠난 뒤에 빈자리가 남았어요. 부재의 자리가 남았어요. 부재의 자리와 빈자리가 하나인 줄 알았어요. 그렇지만 부재의 자리는 빈자리가 아니었어요. 그 자리는 환의 자리예요. 부재의 자리는 환으로 충만한 자리예요. 부재의 환은 환이 아니에요. 그건 물이에요. 나는 매일 밤 부재 속으로 투신해요. 당신의 환 속으로, 당신의 물속으로 나는 투신해요……

"그리고 오래전의 사랑과
슬픔으로 다시 가슴 아프니
나는 지불이 끝난 계산서를 다시 지불하는구나
그러나 다정한 사람이여, 그때의 당신을 생각하면
모든 상심은 사라지고 슬픔은 끝나는구나"○

○ 윌리엄 셰익스피어, 〈소네트 30〉

"가장 많이 사랑하는 사람은 패배자이며 괴로워하지 않으면 안 된다."○

"토니오는 필립 왕을 생각했다. 왕은 울었다……"∞

"그 사람은 강 건너편에 있다."○○○

"그래도 나는 별이 되고 싶지는 않아. 밤새워 눈을 뜨고 아름다운 지상을 내려다보고 싶지 않아. 난 차라리 지상으로 내려와 그대의 품속에서 눈을 감고 잠들고 싶어. 꿈을 꾸고 싶어……"○○○○

○ 토마스 만, 〈토니오 크뢰거〉
∞ 앞의 책
○○○ 블레즈 파스칼, 《팡세》
○○○○ 존 키츠, 〈정다운 별〉

돌아온 탕아

"대부분의 사람들은 사랑에서 영원한 고향을 찾는다. 그러
나 어떤 사람은 사랑에서 영원한 여행을 찾는다."°°°°° 사랑
하는 사람은 연인의 육체를 부채로 여긴다. 그 사람의 육체
는, 부채가 그렇듯이, 펼쳐지면서 무수한 풍경으로 변한다.
혹은 그 사람의 육체는 눈 내리는 날 거리의 악사가 연주하
던 아코디언과 같다. 접힌 건반이 활짝 열릴 때 흘러나오던
놀라운 멜로디…… 그 사람의 육체는 아코디언이다.

내가 얘기하면 당신은 몸을 기울여 내 얘기를 들어주곤 했
다. 그러면 당신과 나 사이 탁자 위에 드리우던 그늘이 있었
다. 그 그늘은 당신의 육체가 만드는 그림자였다. 그 그림자
안에 내가 했던 얘기들은 주변의 소음들로부터 보호되어
간직될 수 있었다. 그러나 생각해보면 왜 주변으로부터만
일까. 당신의 그림자는 심지어 우리들로부터로도 나의 얘

°°°°° 《일방통행로》

기를 보호해주는 것이었다. (…) 그리하여 당신의 부재는 무엇인가. 당신은 없고 당신의 그림자만이 있는 공간, 그것이 나에게는 당신의 부재가 아닌가. 내가 왜 부재의 공간을 슬퍼해야 하는가. 그 공간이 당신의 그림자 공간인데, 그 안에 당신의 육체가, 나의 얘기가 간직되어 있는데……。

"인간은 얼마나 허무한가(vergaenglich)! 나의 존재를 가장 확실하게 증명하는 로테의 기억 속에서도 결국 나는 흔적도 없이 사라지고 말 것이 아닌가!"∞

"나는 이제 그녀의 사랑스러운 아름다움이나 정신의 광휘에는 관심이 없다…… 나는 그녀의 벌어진 입술에 감히 키스를 하고 싶은 마음을 품지 못한다…… 그러나 나는 하고 싶다. 그 행복, 그것을 얻을 수만 있다면, 몸을 파멸시켜서

○《일방통행로》
∞《젊은 베르테르의 슬픔》

속죄해도 좋다. 그것을 과연 죄라고 할 수 있을까."°°° 실제로 베르테르는 로테의 입술에 수천 번 키스를 한다. 그리고 자살한다. 로테와의 키스는 죽음의 키스다.

°°° 앞의 책

키스

"나는 매일 밤 죽음에게 키스해요"

키스하면 사라지는 죽음의 키스. 사랑할수록 그 사람을 사라지게 하는 키스. 그렇지만 죽음에 대한 키스도 있어요. 키스할수록 살아서 돌아오는 죽음에의 키스.

연, 깃발, 천사

"왜 나를 보냈어요?"

연에는 줄이, 깃발에는 봉이 있다. 날아갈 수 없는 그 허망한
펄럭임. 그러나 천사가 있다. 천사의 날갯짓 소리.

어느 날 나는 연이 가엾어졌다. 그래서 그만 연줄을 놓아주
고 말았다. 연은 멀리로 사라졌다. 그제야 나는 내 손안에 남
아 있는 마지막 연 끈을 보았다. 그 연 끈이 나를 봉에 매달
았던 걸까. 이후 나는 당신을 향해서 깃발처럼 허망하게 펄
럭이기 시작했다.

그러나 천사가 있다. 천사의 날개가 있다. 닿을 수 없는 과일
을 향해서 덧없이 펄럭일 때 내 겨드랑이는 가렵다. 날개가
돋는다. 그 날갯짓하는 소리가 들린다.

그리하여 부재는 공간이 아니라 악보가 된다. 그 악보 위에
는 이별의 음표들이 그려져 있다. 그러나 나는 그 이별과 부
재의 악보를 연주한다. 그러면 그 음악은 더 이상 이별의 노

래가 아니다. 그건 천사의 날갯짓이다……

베냐민은 독서는 쓰여 있지 않은 걸 읽는 일이다, 라고 말한다. 아도르노는 말한다: 연주는 그려져 있지 않은 음표들을 연주하는 일이라고……

허공

"나는 허공에게 끝없이 얘기해요"

프루스트는 언제나 '미지의 여인'을 찾는다. 그 여인은 아름다운 여인도, 현명한 여인도, 우아한 여인도 아니다. 그 여자는 그도 누구인지 모르는 여인이다. 누구인지 모르기 때문에, '이름도 모르고 얼굴도 본 적이 없기' 때문에, 그만 '사랑에 빠져버린' 그런 여인이다.《잃어버린 시간을 찾아서》는 상실의 시간이 아니라 이 '미지의 여인'을 찾아가는 긴 대하소설, 모험소설이며 여행소설이다.

나도 당신을 만나기 전에 그렇게 미지의 여인을 찾았던 걸까. 아니라면 왜 당신을 만났을 때, 나는 그 무엇도 그 누구도 더는 그리워하지 않게 되었던 걸까. 당신을 만나기 전에 나는 늘 허공을 바라보며 혼자 그리움을 말하곤 했었다. 그러나 당신을 만나자 그 허공은 당신의 육체가 되었다. 당신은, 내가 말을 하면, 당신의 머리가 아니라 당신의 허공으로 나의 말을 알아듣는 여인이었다. 그 여인이 내가 허공을 향해 꿈꾸던 미지의 여인이었다는 걸, 나는 당신을 만나고 알

앉다.

카페에서, 주막에서, 레스토랑에서, 침대 안에서, 나는 세헤
라자데처럼 당신에게 이야기를 들려주었다, 끝없이, 끝없
이…… 그러면 당신은 자장가를 듣는 아이처럼 스르르 눈
이 감겨 잠이 들었다. 아니 그건 잠이 아니었다. 그건 내 이야
기에 귀를 기울이기 위해 잠시 생각과 의식을 떠나서 오롯
이 나에게 머무는 당신의 고요한 육체라는 걸 나는 알았다.

이제 나는 다시 허공 앞에, 부재 앞에 서 있다. 그 부재 앞에
서 끝없이, 끝없이 이야기를 한다. 그런데 왜 나는 하나도 외
롭지 않은 걸까. 그 전에는 허공 앞에서 말하는 일이 그토록
외롭던 허공 안에서, 부재 안에서, 당신이 침묵으로 귀 기울
이고 있기 때문이다……

베개

"나는 베개에 얼굴을 파묻어요"

당신은 베개를 품에 안았죠. 나는 베개에 얼굴을 파묻어요. 그 부드러운 쿠션 속에, 부드러운 공허 속에 얼굴을 파묻어요. 거기에 당신이 있는 것처럼, 당신을 찾아서 죽고 싶은 것처럼······

세월

"그 모든 것들이 사라졌어요……"

오늘 같은 날, 햇빛이 너무 따뜻하고 맑은 날, 거리의 모든 것들이 찬란하게 빛나는 날, 빨리 걸어가는 여자의 종아리가 투명한 날, 나는 그만 펑 눈물이 터지고 말아요. 지나가도 사라지는 건 아니에요, 라고 나는 말했었죠. 아니에요, 지나가면 사라져요, 아무것도 남지 않아요, 당신은 말했었죠.

당신이 옳았어요. 모든 건 사라져요, 아무것도 남지 않아요. 우리의 세월도 지나갔어요, 그 빛들도 사라졌어요, 아무것도 남지 않았어요, 그게 다예요……

꿈

……그래서 나는 깨달았어요. 당신은 꿈속으로 올 수가 없다는 걸. 당신은 이미 내 곁에 있다는 걸. 부재 속에서 나는 당신과 더는 분리될 수 없도록 밀착되어 있다는 걸. 용해되어 있다는 걸…… 이 부재가 아니면 어디에서도 당신을 다시 만날 수 없다는 걸……

우리가 꿈속에서도 사랑하는 사람을 만날 수 없는 건 그 사람을 여전히 사랑하기 때문이다. 마찬가지로 그 사람이 우리를 더 이상 사랑하지 않기 때문도 아니다. 그건 우리가 사랑하는 사람의 얼굴을 정확하게 포착할 수가 없기 때문이다. 그 사람의 얼굴이 수시로 변하기 때문이다. 우리가 그 사람의 얼굴을 자꾸만 새로운 얼굴로 불러내기 때문이다. 그래서 헤어진 뒤에 돌아와서 다시 그 사람의 얼굴을 기억하려 해도 그토록 다시 보고 싶은 그 얼굴은 붙잡히지 않는다. 그리하여 프루스트는 말한다: "우리가 그 사람의 얼굴을 또렷하게 기억하게 되는 건 사랑이 끝났을 때이다."○ 그래서 그 사람의 얼굴이 또렷하게 기억나지 않으면, 우리는 우리 자신을 그만 자책하게 된다. 그 사람의 얼굴이 다시 생각나지 않는 건, 내가 그 사람을 충분히 사랑하지 않기 때문이라고……∞

○ 꽃피는 아가씨들 그늘에,《잃어버린 시간을 찾아서》

비극

"사랑이 이미 끝났다는 걸 알아요"

우리가 지나간 사랑을 그리워하는 건 그 사람을 여전히 사랑하기 때문이 아니다.

누구나 삶 속에서 특별한 사람을 만난다. 그 사람은 우리에게 생의 어느 특별한 비의를 가르쳐준다. 그러나 우리는 그 비의의 진실을 그 사람이 떠난 뒤에야 깨닫는다. 우리가 떠난 사람을 다시 그리워하는 건 그 진실을 이번에는 제대로 살아보고 싶기 때문이겠지만 그 사람은 이제 없다. 그는 돌아오지 않는다. 그는 없고 그가 가르쳐준 비의의 진실만이 혼자 있다. 사랑하는 사람은 누구인가. 그는 우리에게 진실을 알려주고 떠나서 절대로 돌아오지 않는 사람이다. 이것이 사랑과 세월 사이의 비극이다.

기적이 일어나서 그가 돌아온다고 해도 사정은 달라지지 않는다. 그가 돌아와도 나는 이미 그를 전처럼 사랑하지 않기 때문이다. 나는 전처럼 그 사람을 사랑하지도, 사랑할 수도 없다. 우리가 지난 사랑을 그토록 그리워하면서도 그 사랑을 다시 시작하려 하지 않는 건 그 때문이다. 이미 지나 간 사랑을 또 한 번 전처럼 시작할 수는 없다. 흐르는 강물 에 두 번 발을 담글 수는 없다. 걸음마를 흉내 낼 수는 있어 도 다시 시작할 수는 없다. 이것이 사랑과 마음 사이의 비극 이다.

그러면 다른 사랑을 시작하면 되지 않을까? 떠난 사랑이 가 르쳐준 사랑의 비의를 새로운 육체와 나누면 되지 않을까? 사랑의 시장 자본주의는 우리에게 그렇게 가르치고 또 우 리는 그렇게 한다. 그러나 육체란 무엇인가. 그건 대체할 수 없는 것이다. 새로운 육체가 옛 사랑의 비의를 실현해주는 건 아니다. 옛 사랑의 비의는 옛 육체만이 실현한다. 새로운 사랑도 마찬가지다. 새로운 사랑의 비의는 그 새로운 육체 만이 가르쳐서 전수한다. 하지만 그걸 알았을 때 그 육체는 이미 없다. 이것이 사랑과 생 사이의 본질적 비극이다.

이 비극을 우리는 끈질기게 살아간다. 사랑이 이미 끝났다는 걸 알면서 사랑을 멈추지도 보내지도 못한다. 그렇게 사랑은 두 번의 비극이다.

안경

"나는 그 안경을 버리지 못하고 있어요"

나는 안경을 버리지 못하고 있어요. 그건 그 안경에 당신의 시선이 묻어 있기 때문이 아니에요. 그건 그 안경이 당신이 갖고 싶어 하던 안경이기 때문이에요. 나는 약속했었죠, 그 안경을 주겠다고. 그러나 안경을 바꾸기 전에 사랑은 끝나고……

어쩌면 그 안경을 당신이 갖고 싶어 하는 건 그 안경을 당신이 깨었기 때문일지도 몰라요. 그 안경이 깨어진 날 당신은 나를 버렸으니까. 그리고 당신은 울었던가요, 나를 어떻게 해봐요, 나를 어떻게 붙들어봐요, 라고 말하면서.

안경을 쓴들 무슨 소용이 있을까. 보아야 할 것을 보지 못하는 도수 높은 안경이 무슨 소용이 있을까. 멀어지는 당신을, 식어가는 당신을, 그 차가움이 두려운 당신을, 나는 왜 보지도 읽지도 못했을까. 그때 당신은 눈이 멀어가는 오이디푸스에게 어머니이면서 부인인 이오카스테처럼 경고했던 걸

까. 이제 그만해요. 당신의 우월감을 버려요. 나를 지켜야 해
요. 나는 지켜져야 하는 여자예요……

혹은 룰라멜라처럼 말하고 있었던 걸까: "당신은 야생동물
들을 길들이려고 했죠. 하지만 이제는 안 돼요. 길들이려고
할수록 야생동물은 힘만 얻어서 날아가고 말 거예요"라고.○

○ 트루먼 커포티, 《티파니에서 아침을》

호기심

"당신이 내게 있기나 했었나요?"

이별에는 두 가지가 있을 것이다. 하나는 사랑이 다 지나간 뒤의 이별, 다른 하나는 사랑이 다 이뤄지기 전에 찾아드는 이별. 그런데 과연 전자의 이별이 있을까? 누군가는 이렇게 말할지 모른다: 우리는 웃으면서 헤어졌어요, 미련 없이 서로를 사랑했으니까요. 물론 그럴 수도 있다. 그렇지만 그 사람도 언젠가는 이런 문장을 쓰고야 말지 않을까: "오랜 뒤 그가 갑자기 그리워졌을 때, 그녀는 통곡을 하면서 울고 말았다. 그를 마음껏 사랑하지 못했었다는 걸 그제야 알았기 때문이다."

이별은 모두가 후자의 이별일 것이다. 아직 다 하지 못하고, 다 채우지 못했는데 당신과 나 사이로 잘못 찍혀진 마침표처럼 사랑을 중단시키는 이별. 당신과 나의 이별도 그랬다. 아니 당신의 이별은 아닐지 모르지만 나의 이별은 그랬다. 어쩌면 나 또한 그랬는지 모른다. 그래, 우리는 이제 헤어질 때가 되었어. 모든 것은 그렇게 때가 다가오지, 라고 나는 말하지 않았던가. 그러나 당신이 떠난 뒤에 나는 그것이 나의 오만이었음을 일찍 알아버렸다. 아니라면 이처럼 아프지 않을 테니까.

그리고 이제야 나는 왜 내가 그토록 당신에 대한 집요한 호기심을 버릴 수 없었는지를 이해한다. 나는, 비록 당신은 나를 애인이라고 불러주었지만, 아직 당신의 애인이 되어 있지 못했다. 그렇게 함부로 나는 당신의 애인이 될 수 없었던 걸까. 나는 당신의 애인이 되고 싶었다. 당신의 모든 것들을 남김없이 알고 싶고 닮고 싶고 소유하고 싶었다. 나는 결핍을 극복할 수가 없었고 그래서 당신을 집요하고 집요하게 응시하고 만지고 쓰다듬으며 탐색했다. 나는 당신을 다 알지 못했다. 다 소유하지도 못했다. 당신이 나의 애인이었다면, 그렇게 당신이 나의 것이 되었다면, 나의 호기심이 그렇게도 집요했을까.

다 이루지 못하고 끝난 사랑은 끝나지 못한다. 나는 이별을 받아들여도 사랑은 이별을 받아들이지 않는다. 사랑의 호기심은 여전히 결핍으로 아파하고 허기로 배고파한다. 그 배고픔으로 나는 깨닫는다. 나는 당신을 모두 알지 못했다. 아니 전혀 알지 못했는지도 모른다. 그러므로 당신은 나에게 부재했었다. 그래서 지금 나는 묻지 않으면 안 된다: "아니 당신이 내 곁에 있기나 했었던가요?"라고.

당신은 내게 실재한 적이 없었다. 당신은 늘 내게 호기심과 결핍 그리고 갈망의 사람이었다. 그렇게 당신은 반쯤만 실재하는, 아니 차라리 부재하는 사람이었다. 그렇게 나는 결핍의 주체였고 당신으로만 채워질 수 있는 그 결핍의 공간은, 집요해지기만 하는 호기심으로, 더 알 것이 증폭되는 당신의 존재 때문에, 채워지기는커녕 나날이 넓어지기만 했었다. 당신은 내게 다가오면서 다가올수록 멀어졌다. 내게 알려지면서 점점 미지의 사람이었고, 또렷해질수록 희미하게 사라져갔다.

호기심은 끝나지 않았다. 나는 여전히 허기로 고통받는다.
당신은 처음부터 부재였다. 그 부재가 나를 불타게 했었다.
배고프게 했었다. 왜 지금은 그래서는 안 되는 걸까?

낯설어짐

"······당신이 멀어진 것 같아요"

일로, 출장으로 혹은 병 때문에 자주 보지 못했을 때, 그렇게 오랜만에 만나면, 당신은 말하곤 했었다: '멀어진 것 같아요······'라고. 그 말줄임표가 무엇을 말하는지를 알려주는 건 침묵의 언어가 되어 나를 바라보던 당신의 바라보는 시선이었다. 그 시선은 생략된 부사였다. 나는 그 부사가 늘 그리고 영원히 하나인 줄만 알았다. 하지만 지금 당신의 부재 앞에서 나는 그 부사가 여러 개였음을 비로소 깨닫는다.

낯설어짐, 멀어진 것 같음에는 세 가지 부사의 범주가 있다. '아직도 멀어진 것 같아요'라고 당신은 말하곤 했었다. '아직도'라고 말하면서 당신의 시선은 '멀어짐'을 단호하게 거부하고 있었다. 아직도 먼 것 같아요, 낯선 것 같아요, 난 이 멂을, 낯설음을 용서할 수 없어요, 나는 당신을 더 가까이, 아주 가까이, 내 앞으로, 내 곁으로, 내 안으로, 끌어당길 거예요. 당신의 멂을 낯설음을 난 견딜 수가 없어요. 난 당신을 참을 수 없도록 욕망하고 있으니까요······, 라고 그 부사의 시선을 말하고 있었다.

그러나 '여전히'라고 말하는 부사의 시선이 있다. 여전히
는 무슨 사랑의 부사일까. 그건 망설임 또는 흔들림의 부사
가 아닐까. 여전히 멀어진 것 같아요, 라고 바라보면서 당신
은 아직도 '아직도' 안에 있다. '나는 당신을 아직도 욕망하
고 있어요'라고 말하고 있다. 그러나 '여전히' 안에는 '아무래
도'라는 부사의 얼굴이 이미 보인다. '아무래도 나의 욕망이
덜한 것 같아요, 당신을 아주 많이 욕망하는 것 같지는 않아
요……'라고 당신의 시선은 이미 말하고 있다. 아아, 그 흔
들림의 천칭이, 망설임의 저울이, '아무래도'가 아니라 '여전
히'의 눈금에서 멈추었더라면 얼마나 좋았을까.

그리고 '그래도'라고 말하는 부사의 시선이 있다.

잔인함

"이제는 그만 잊으라는 말은 너무 잔인해요"

나는 당신을 포기할 수 없어요. 당신이 없으면 나도 없어요. 나는 야만인이고, 피조물이고, 그저 세상의 부속물일 뿐이에요. 아담에게 신의 입김이 있었듯 당신이 있어야 나는 겨우 사람일 수 있어요. 내가 어떻게 당신을 잊을 수 있겠어요. 그따위 이별 때문에, 그따위 세월 때문에, 당신을, 단 하나 나의 명예이고 단 하나 나의 품위인 당신을 어떻게 포기할 수 있겠어요. 내가 너무 가엾다고, 당신의 마음이 너무 아프다고, 그러니 그만 잊으라고, 당신은 말하지만, 그 마음을 나도 알지만, 아아, 그러나 제발 그렇게 잔인하지 말아요. 제발 부재 안에 머물러주세요. 잊으라며 거기마저도 떠나지 말아주세요. 당신은 얼마나 잔인한지요.

따뜻함

"목도리를 찾아가세요"

너무 추워 보여서 안 되겠어요. 바람이 차갑던 어느 겨울날 나는 당신에게 긴 털목도리를 사 주었다. 만날 때마다 당신은 그 목도리를 목에 둘둘 두르고 나왔다. 두터운 목도리 안에 꽁꽁 묻힌 당신의 흰 얼굴 안에서 까만 두 눈이 별처럼 반짝였다. 그 두 눈으로 당신은 속삭이곤 했다: "지금 나는 아주 따뜻해요. 당신의 목도리가 나를 난로처럼 따뜻하게 만들었어요. 이제 당신도 추워하지 말아요. 따뜻해진 내가 당신을 꼭 안아주면 당신도 따뜻해질 거예요……"

내게도 두터운 목도리가 있었다. 당신은 늘 추워 보였고 당신을 따뜻하게 해주고 싶었다. 당신을 만나기 전에 오래 목도리로 둘러서 나는 나를 따뜻하게 만들었고 당신을 품에 안아서 당신을 따뜻하게 데워주었다. 따뜻해진 당신은 까만 두 눈을 깜박이며 내게 말하곤 했었다: 아, 너무 따뜻해요. 이 따뜻함을 잃을까 두려워요…… 어느 때는 이렇게 말하기도 했었다: 당신이 가면 너무 추워요. 그 목도리를 내게 두고 가면 안 되나요?

그 겨울은 얼마나 따뜻했었는지…… 하지만 또 한 번의 겨울이 오고, 당신은 여전히 목도리를 둘렀지만, 반짝이는 두 눈도 여전히 까맣게 빛났지만, 목소리는 차가웠다: 나는 지금 차가워요. 나를 만지지 마세요. 나도 당신을 만지지 않겠어요. 이제 당신도 차가우니까……

이별의 밤에도 당신은 그렇게 차가웠을까, 너무 차가워서 내가 너무 당황했던 걸까. 서둘러 당신의 방을 쫓겨 나오며 나는 그만 목도리를 거기에 두고 나왔다. 며칠이 지나고 당신의 문자가 도착했다: 목도리를 두고 갔어요. 찾아가세요. 다시 문자가 왔다: 아니, 오지 마세요. 소포로 보내겠어요……

겨울은 또 오고 나는 그 목도리를 또 목에 두른다. 그러면 당신이 없어도 하나도 외롭지 않다. 나보다 더 오래 당신 곁에 머물렀던 목도리, 부재 안에서도 당신의 곁에서 여전히 따뜻했던 목도리, 이별 뒤에도, 아니 이별 뒤에만 남겨지는 만남처럼 당신과 함께했었던 목도리─그 목도리의 목소리는 지금도 내게 속삭이니까: 나는 외롭지 않아요. 당신이 없어도 나는 여전히 당신 곁에 있으니까요. 당신은 차가워도 난 아직 당신의 훈기로 따뜻하니까요.

209

냄새

"나는 아직도 니베아 화장수만 발라요"

지금도 믿을 수 없는 기적이 있다. 당신처럼 아름다운 사람이 어떻게 나 같은 사람을 사랑하게 되었을까. 잘생기지도 않았고, 잘나가는 것도 아니고, 가진 것도 없고, 멋지게 옷을 입을 줄도 모르는 나 같은 사람에게 어떻게, 왜, 당신은 매혹되었던 걸까. 나의 무엇이 당신을 내게로 다가오게 만들었던 걸까. 그건요, 언젠가 물었을 때 당신은 대답했었다, 냄새 때문이에요. 당신의 냄새가 너무 좋았어요. 그 냄새를 발견하고 나서 당신 생각을 멈출 수가 없었어요. 지금도 그 냄새가 나네요……

내게도 냄새가 있었던가? 나는 향수를 뿌리지 않는다. 옷에 탈취제 같은 것도 뿌리지 않는다. 그저 아침마다 면도를 하고 거친 피부를 달래기 위해서 애프터 화장수와 로션을 조금 손에 비벼 바를 뿐이다. '니베아 포맨 리플레니싱 케어 로션'. 그 아무것도 아닌 냄새가 당신에게는 그토록 매혹적이었던 걸까. 세상에, 그 뻔한 애프터 로션 안에 무슨 기적의 냄새가 들었길래……

당신의 생일에 나는 향수를 선물한다. 그 향수를 고른 건 그 냄새가 부재의 냄새여서일까(그때 나는 이미 부재를 예감했던 걸까). 그 냄새는 사이의 냄새였다. 있는 듯 없는 듯한 냄새. 강렬함과 평범함 사이, 사향과 식물 향 사이, 어쩌면 내가 아는 당신과 내가 모르는 당신 사이의 냄새…… 당신을 만날 때마다 나를 들뜨게 하고 안타깝게 하고 욕망으로 타오르게 만들던 당신의 거리, 그 거리 안에 흐르던 냄새가 그 향수 안에 있었다. 그러나 어쩐 일이었을까. 당신에게서는 향수 냄새가 나지 않았다. 오늘 그 향수를 뿌렸나요? 내가 물으면 그럼요, 그걸 어떻게 잊겠어요?라고 당신이 대답해도 그 냄새는, 그 사이의 냄새는 당신에게서 맡을 수 없었다.

그리고 나중에야 알게 되었다. 당신의 냄새는 그런 향수의 냄새가 아니라는 걸. 그 냄새는 샤워를 마치고 나온 당신의 머리칼에서만 나는 냄새라는 걸. 젖은 머리칼에 코를 대고 맡으면 맡아지던 냄새, 샴푸 냄새와 청결한 머리칼 냄새가 섞여서 만들어진 냄새, 당신의 인공성과 자연성이 함께 혼효되어 당신만의 체취가 되어버린 냄새…… 그때 나는 알게 되었을 것이다. 체취란 다만 육체의 냄새가 아니라는 걸, 그건 육체와 인공의 냄새가 서로 어울린, 그래서 서로 섞인, 그래서 무엇인지 나눌 수 없는, 오로지 당신만의 냄새가 되어버린, 세상에 단 하나 밖에 없는, 오직 나만이 그 냄새를 알아보는 그런 냄새라는 걸. 때로, 아니 자주, 나를 욕망으로, 그리움으로, 절망으로까지 이끌어가던 냄새, 기쁨의 냄새…… 그리하여 나는 기적의 냄새가 무엇인지를 알게 되었다.

기적의 냄새(당신이 떠나고 세상은 기적의 세상이 되었다. 어디서나 맡아지는 당신의 냄새인데 어떻게 세상이 기적이 아닌가). 그건 세상의 모든 냄새다. 그러나 단 하나, 그 냄새가 기적의 냄

새가 되자면 당신의 냄새가 그 안에 들어 있어야 한다. 내가
아는 당신의 냄새, 당신만의 냄새는 없다. 당신의 냄새는 세
상의 냄새와 섞일 때에만, 세상의 냄새들 안에서만 당신의
냄새가 되어 나를 욕망으로 타오르게 하니까. 그러니 왜 내
가 온 세상에서, 당신이 부재하는 텅 빈 세상 안에서, 여전
히 더 어지럽도록 당신의 냄새를 맡는다는 일이 이상한 일
인가.

목소리

"그 목소리를 잊을 수 없어요"

그 목소리를 잊을 수 없어요. 침대 안에서 들었던, 수화기 안
에서 새어 나오던 목소리. 가볍고 유치하기 짝이 없던 목소
리. 그러나 모든 것을 앗아갔던 치명적인 목소리……

이제는 알겠어요. 당신이 따라간 건 새로운 사람이 아니라
새로운 목소리였다는 걸…… 그러니까 미움이 사라졌어요.
당신이 이해되었어요. 그렇다면 어쩔 수 없는 일이죠, 라고
당신을 용서했어요. 내가 당신의 목소리를 잊지 못하는 것
처럼 당신도 그 사람의 목소리를 잊을 수가 없었겠죠. '다만
새롭다는 이유만으로' 오래된 나의 사랑을 앗아가려는 새
로운 사람을 이제 나는 용서할 수 있어요. 당신이 따라간 건
새로운 사랑이 아니라 새로운 목소리였으니까. 새로운 사
람, 새로운 얼굴은 있어도 새로운 목소리는 없다는 걸, 다만
그 순간의 목소리만이 있을 뿐이라는 걸 나는 이미 알고 있
었어요. 당신의 목소리가 그걸 깨닫게 했으니까요. 낡음은
들어 있지 않은 것, 새로움만이 안에, 울림 속에 들어 있는
것, 그것이 사랑의 목소리라는 걸 나는 알아요. 모든 소리가,

음악마저도 그저 부재의 울림이고 흔적일 뿐이라는 걸 나는 알아요.

그렇지만 사랑의 목소리에는 부재가 없다는 걸 나는 알아요. 오로지 현존만이, 시간마저도 가볍게 뛰어넘는 현존만이, 부재의 사슬을 끊어버린 현존만이, 충만한 부재 속의 현존만이 사랑의 목소리라는 걸 나는 알아요. 그 누가 그 목소리를 잊을 수 있고 따라가지 않을 수 있겠어요.

부재

"왜 당신은 떠나면서 돌아오나요?"

없을 때만 돌아오는 당신, 부재 안으로만 돌아오는 당신, 스침의 순간으로만 돌아오는 당신…… 이별은 이상한 보행법이다. 떠나면서 돌아오는 당신의 보행법. 떠나면서 다가가는 나의 보행법. 멀어지지도 가까워지지도 않는 보행법. 언제나 그만큼의 거리와 그 거리만큼의 스침과 만남으로 걸어가는 보행법……

당신이 돌아오는 건 얼마나 고통스러운 일인지. 그러나 나는 차라리 그 고통의 못을 더 깊이 가슴에 박고 싶어요 그때에만 당신이 돌아오니까……

없을 때만 돌아오는 당신이라면 왜 부재가 쓸쓸해야 하는가. 그 안에서 당신의 걸음 소리, 돌아오는 당신의 걸음 소리가 그토록 또렷한데……

세상의 모든 풍경

"나는 지금도 사방을 두리번거려요"

이별은 왜 왔을까. 우리는 왜 헤어져야 했을까.

헤어짐의 이유는 많다. 하지만 뒤늦게 알게 되는 이유들은 이미 이유가 아니다. 이유에도 이유가 있다. 그 이유 때문에 일어나게 될 불행한 사건을 막아주고 멈추게 할 수 있는 힘을 아직 갖고 있을 때에만 그 이유들에게 이유가 있다. 이제는 알아봐야 아무런 소용도 없는, 아픔의 웅덩이에 삽질만 더하는 그런 이유들은 이유의 자격이 없다. 아무것도 할 수 없고, 아무것도 되돌릴 수 없는 이유들이 무슨 존재의 이유를 지닐까.

아아, 만일 그걸 미리 알았더라면, 미리 깨달았더라면 얼마나 좋았을까…… 후회하지만 그게 또 무슨 소용인가. 사랑에 '만일……'은 없다. 만일 내가 그걸 알았더라면, 만일 내가 그렇게 하지 않았더라면, 만일 당신이 그걸 내게 알려주었더라면…… 그러면 아마도 내가 당신을, 당신이 나를 그

토록 야속해하지는 않았을 텐데, 의심하지는 않았을 텐데,
실망하지는 않았을 텐데, 떠나야 한다고 결심하지는 않았
을 텐데…… 물론 그럴 수도 있었으리라, 하지만 지금 여기
에서 그것이 무슨 소용이란 말인가.

'만일……'은 사랑의 언어가 아니다. 그건 사랑 안에는 존재
하지 않는 말, 사랑의 부재 안에서만 존재하는 헛말일 뿐이
다. 이미 항소할 수 없는 판결이 내려졌을 때, 과녁에 박힌
화살이 되고 말았을 때 비로소 얼굴을 보여주는 진실의 운
명처럼, 늘 자각할 수밖에 없는, 헛짚을 수밖에 없는, 다시는
취소할 수가 없는, 이미 엎어지고 저질러지고 만, 곪을 때는
모르다가 마침내 터져서 지울 수 없는 고통의 흉터가 되었
을 때에야 비로소 보이고 만져지는 종기와 같은 것일 뿐이
다. 결정적인 것은 언제나 '너무 늦은 것'이다. 이것이 사랑
과 이별의 시간 형식이다. 지금이라도 멀리 여행을 떠날까
요? 지금이라도 멀리 도망갈까요? 지금이라도 다시 시작할

까요?라고 애타게 물어봐야, 미안해요, 너무 늦었어요, 라고 고개를 흔드는 당신은 되돌릴 수 없는 시곗바늘이다. 냉정하게 저 갈 길만을 가는 그토록 가혹하고도 잔인한 선언. 지금은 안 돼요, 이제는 너무 늦었어요……

프루스트가 뼈아픈 후회의 마음으로 수도 없이 되뇌는 말: "그리하여 나는 나중에야 비로소 진실을 알게 되었으니……"

그런데…… 너무 늦어버린, 나중에야 알게 된, 더는 되돌릴 수 없어진 진실들 중에는 '두리번거림'도 있다. '왜 나를 안 보나요?'라고 수없이 묻곤 했던 당신. 왜 나를 안 보나요? 왜 나를 앞에 두고 다른 것들만 보나요, 여기저기 이리저리 사방을 두리번거리기만 하나요? 사랑은 보고 싶고 또 보고 싶은 게 아닌가요? 나는 당신을 끝없이 보고 또 보는데 왜 당신은 나를 보지 않나요? 왜 지나는 사람들만, 달리는 자동

차들만, 떨어지는 잎들만 두리번거리며 바라보고 있나요? 당신의 진실에게 그러나 나는 늘 농담질만 했다. 사랑은 두리번거리는 거예요, 사랑에 빠지면 세상이 당신으로 가득 차게 되니까요, 세상의 모든 것들이 당신이니까요, 어딜 보나 당신뿐이니까요. 그래서 지금 나는 두리번거려요, 당신을 보고 또 보아요, 왜 당신은 그걸 모르나요, 사방을 두리번거리면서 내가 늘 당신만을 보고 있다는 걸…… 하지만 당신은 웃지 않았다. 이미 모든 걸 다 알고 있는 사람처럼, 내가 당신을 보고 있지 않다는 걸, 더 이상 당신을 비밀로 가득한 신비의 존재로 여기지 않는다는 걸, 내가 변명을 하고 거짓말을 하고 있다는 걸, 당신의 진실 앞에서 철없는 농담만 늘어놓고 있다는 걸 뻔히 다 아는 사람처럼―오, 묵묵히 나를 응시하던 당신의 슬픈 얼굴……

그리하여 나는 다시 '만일' 하고 말하지 않으면 안 된다. 만일 그때 당신이 진실을 말해주었더라면 얼마나 좋았을까.

당신에게 농담하면 안 된다고, 내가 점점 더 자기도 모르게 위험 속으로 빠져들고 있다고, '거세하러 다가오는 사람에게 꼬리를 흔드는 황소처럼'° 이별의 늪 속으로 한 걸음씩 걸어 들어가고 있다고, 아아, 만일 당신이 그걸 내게 미리 말해주었더라면, 그랬다면 얼마나 좋았을까. 하지만 당신은 이미 알고 있었으리라, 그래봐야 아무 소용이 없다는 걸, 사랑에는 만일이 없다는 걸, 말해주어도 나는 알아듣지 못하리라는 걸, 내가 이미 안심과 자만의 깊은 병에 걸려 있다는 걸, 도래하는 이별을 더는 피할 수도 막을 수도 없다는 걸, 당신은 이제 돌아서 떠날 수밖에 없다는 걸……

그리고 당신은 떠났다.

그러나 조지프 콘래드: "보라, 죽은 뒤에도 머리카락은 계속

○ 사무엘 베케트

자라지 않는가."°

농담은 진실이 되어 '사망의 골짜기를 걸어도'°° 여전히 죽지 않고 사는 걸까. °°° 마침내 당신은 떠나서 부재가 되어도 내게는 부재의 상처처럼 남겨진 농담이 또 있다. 그건 두리번거림과 중얼거림이다. 나는 지금도 전처럼 두리번거려요, 어디에도 없는 당신을 텅 빈 사방 어디에서나 만나고 보아요. 왜 그러면 안 되나요? 그게 왜 바보짓인가요? 지금도 사방이 당신으로 가득한데, 모든 것들이 당신인데, 어디를 봐도 당신뿐인데, 당신이 세상의 모든 풍경인데, 왜 지금 내가 사방을 두리번거리면 안 되나요? 그것이 왜 농담일 뿐인가요? 그것이 왜 진실이 아닌가요?

° 《어둠의 핵심》
°° 《시편》 23:4
°°° 《애도 일기》

구두 소리

"소리에도 빛이 있어요"

이별의 공간은 부재의 공간이 아니다. 그 안에는 풍경이 있다. 당신이 떠난 뒤에 나는 매일 그 풍경을 본다. 오늘도 베란다에서 담배를 피우며 풍경을 본다. 멀리 산등성이에 세 그루 작은 나무들이 보인다. '나는 행복이야, 나를 잡아보렴, 나무들이 웃으며 말한다.'°°°° 침대에 눕고 싶어, 나는 중얼거린다. 침대에서 이야기를 하고 싶어…… 구두 소리가 들린다. 아침 출근길 보도블록을 또박또박 밟던 그의 구두 소리. 그는 갈 길이 바빠도 나는 갈 곳이 없었다. 안녕, 하고 지하철 입구에서 그는 손을 내밀고, 나는 돌아섰었다…… 그리고 세월 뒤에 다시 구두 소리. 흩어지는 번화가의 구두 소리들 속에서 홀로 걸어 나와 또렷하게 빛나는 구두 소리. 이 빛의 구두 소리에 대해서 나는 무어라고 쓸 수 있을까.

°°°° 프루스트

무능력

"나는 아무 쓸모가 없어요"

당신이 떠난 뒤에 나는 아무것도 할 수 없다. 잘하던 일들도 갑자기 아무것도 아닌 낯선 일이 되어버린다. 사람들은 나를 걱정한다. 그러다가 정말 폐인이 되고 말 거야. 빨리 정신 차려. 그만 잊어. 하지만 나는 다시 쓸모 있는 사람으로 돌아갈 수가 없다. 내게는 아무런 힘도, 능력도 남은 것이 없으니까. 나는 완전히 쓸모없어지고 말았으니까.

그런데 '쓸모없음'이란 무엇인가. 그건 가지고 있는 힘들을 무언가에게, 누군가에게 다 주어버렸다는 것이다. 코라는 말한다: "당신은 쓸모가 없는 인간이야." 프랭크가 대답한다: "그래, 나는 아무 쓸모도 없는 건달이야. 하지만 나는 당신을 사랑해."° 가지고 있는 모든 것을 사랑에게 다 주어버린 사람은 어디에도 쓸모가 없다. 사랑에 빠진 사람은 쓸모가 없는 사람이다. 그렇지만 사랑하는 쓸모없는 사람은 그

○ 제임스 M. 케인,《포스트맨은 벨을 두 번 울린다》

래도 여전히 쓸모가 있다. 그 쓸모없음을 쓸모 있음으로 받아주는 누군가가 있기 때문이다. 그러나 이별의 주체는? 그는 사랑하는 사람보다 더 쓸모가 없다. 그는 누군가에게가 아니라, 그 누군가의 부재에게 모든 것을 다 주어버렸기 때문이다. 완전히 쓸모가 없는 사랑은 사랑의 주체가 아니라 이별의 주체다. 사랑의 주체는 피곤하다(그 사람은 나의 모든 것을 언제나 다 받아들이지 못한다). 하지만 이별의 주체는 피곤조차도 없다. 그는 완전히 소진되었기 때문이다. 그러니 내가 더 무슨 쓸모가 있을까. 나는 당연히 아무 쓸모도 없다.

그런데 이별의 주체는 정말 아무것에도 쓸모가 없는 사람일까. 아무것에도 쓸모가 없다면, 아무것도 받아주는 것이 없다면, 나는 아무것에도 줄 수가 없어야 하지 않을까. 나는 오히려 줄 수 없는 힘들로 가득해서 더 쓸모 있는 사람이어야 하지 않을까. 그러나 나는 준다, 다 준다, 다 쏟아붓는다. 그러므로 부재 안에도 내가 쏟아붓는 모든 것들을 쓸모 있는 것으로 받아주는 그 무엇이 있는 것이다. 말라르메는 말한다. 아무것도 없음에서 행복하게 떠오르는 무언가가 있다고. 그것이 단어라고. 무의미의 단어, 텅 빈 단어, 백색의 단어……

이별의 주체는 쓸모가 없다. 사랑의 주체보다 더 쓸모가 없다. 그러나 그는 사랑을 지나 이별마저도 넘어서는 또 하나의 쓸모를 알고 있다. 아무 쓸모 없는 부재로부터 행복하고 부드럽게 몸을 일으키며 떠오르는 단어, 말라르메가 육신의 포에지라고 불렀던 단어, 텅 비어 뜨거운 '사랑'이라는 단어를…… 나는 그 단어에게 나의 모든 것을 남김없이 다 주어버린다. 그러니 내가 어떻게 사랑 아닌 어떤 것에게 쓸모가 있을까.

추억

"오, 달고도 단 이별이여"

당신은 그때 거기의 당신이 아니다. 당신은 지금 여기 내 추억 안의 당신이다. 죽은 내 무덤의 시간 안에서 당신은 어항 속의 금빛 붕어처럼 나날이 자란다. 내가 던져주는 추억의 밥을 먹으며 나날이 자라난다. 자라나고 자라나서 당신이 마침내 괴물이 되리라는 걸 나는 안다. 언젠가는 당신이 어항을 깨고 나와 나를 삼킬 거라는 걸 나는 안다. 나마저 삼키고 나서도 당신이 먹기를, 자라나기를 멈추지 않으리라는 걸 나는 안다. 나를 삼키고 나서 당신이 마침내 당신을, 당신의 부재를 삼킬 거라는 걸 나는 안다.

그렇게 나와 당신은 하나가 된다. 당신이 그토록 먹고 싶어하는 것, 그것은 당신의 부재이다. 내가 그토록 먹고 싶어 하는 것, 그것도 당신의 부재이다. 우리가 단 하나 유일하게 먹고 싶은 음식, 그것은 부재다. 당신은 나를 먹으면서 당신의 부재를 삼키고, 나는 당신을 먹으면서 나를 삼킨다. 아, 부재는 얼마나 달고도 단 음식인지…… '오, 달고도 쓴 사랑이여!'라고 노래했던 사포. 사포는 틀렸다. 사랑은 '달고도 쓴'

음식이 아니다. 그건 달고도 단 음식이다. 내가 어떻게 그 달
고도 단 부재의 음식 앞에서 금욕을 할 수 있단 말인가. 나
는 부재의 음식에 탐식을 멈출 수 없다. 괴물이 되는 걸 멈
출 수 없다. 어떻게 당신에 대한 사랑을 멈출 수 있다는 말
인가.

간주

"몸 같은 건 없어도 괜찮아요"

'잊어야 한다면 잊었으면 좋겠어……'라고 나는 잊을 수
있을까 노래를 불러요. 그래도 당신이 없는 세상은 간주의
시간들 같아요. 말들이 텅 비어버린 낯선 시간, 홀로 멜로디
만이 이어지는 그 부재의 시간들을 나는 견딜 수가 없어요.
하지만 괜찮아요. 가사 같은 건 없으면 어떤가요. 간주가 흐
르는 동안에도 나는 당신을 흥얼거리는데요. 몸 같은 건 없
으면 어떤가요, 텅 빈 곳마다 당신이 있는 걸, 당신은 음악이
었고 이제는 음악이 당신인 걸……

○ 김광석, 〈그날들〉

낮은 신발

"나는 항의해요"

어느 날 당신은 나에게 결별을 선언했다. 아무래도 안 되겠어요. 견딜 수가 없어요. 헤어지겠어요. 나는 끄덕이며 대답했다. 그래요, 당신을 이해해요. 나도 잘 알아요. 우리는 안 된다는 걸, 우리는 어쩔 수 없다는 걸…… 그렇게 몇 날들이 지나고 우리가 한 번 더 만난 건 마지막으로 이별의 의식을 치르기 위해서였을까. 우리는 함께 걸었고, 어느 모르는 골목으로 들어섰고, 노변의 가게들을 지나쳤다. 문득 당신은 어느 허름한 신발 가게로 들어갔다. 편한 신발이 필요해요. 당신은 굽도 없는 낮은 신발을 손에 들었고, 이걸 사겠어요. 라고 말했고, 나는 몇 푼의 값을 치렀고, 검은 비닐봉지를 들고 더 걷다가 모르는 주점으로 들어가서 함께 술을 마셨다. 깊어가는 밤처럼 나는 취했고, 항의하고 개탄하고 한탄했지만 소용이 없었고, 마침내 고개 숙여 악수하고 이별은 끝났던가.

항의에는 두 가지가 있다. 하나는 절망과 체념의 항의. 모든 것이 끝났음을, 아무리 항의해도 소용이 없음을 이미 알고 있는 항의. 멜리상드가 이미 자기를 사랑하지 않는다는 걸 알면서도 질투와 시기를 이기지 못해 돌아선 사랑을 움켜 쥐려는 골로의 항의. 이 항의의 운명은 자포자기이거나 복수심이다. 그래서 골로는 결국 멜리상드의 사랑 펠리아스를 파괴한다. 그러나 또 하나의 항의가 있다. 그건 성실하고 경건하고 신심 깊은 자의 항의, 사랑의 또 다른 운명을 이미 잘 알고 있는 사람의 항의, 엘 그레코(El Greco)의 항의다. 그가 그린 〈요한 묵시록의 다섯 번째 봉인의 개봉〉은 사랑의 항의에 대한 알레고리의 그림이다.

"그리하여 그가 다섯 번째 봉인을 떼어내니 나는 그 아래서 죽은 혼들을 보았는데 그들은 신의 말씀을 증거하다가 죽은 이들이라 그들이 하늘을 향해 외치기를, 신이여 어찌하여 이 땅을 심판하여 우리들의 원한을 풀어주지 않으시니까 얼마나 더 오래 그때를 기다려야 하오니까 큰 소리로 항의할 때 하늘에서 흰 가운이 내려와 그들의 벗은 몸을 가리우며 목소리가 들려오니 너희처럼 선한 이들이 죽임을 받아 그 수가 다 차기를 기다리라 하시더라."°

엘 그레코의 항의는 절망과 원한의 항의가 아니다. 그 항의는 항의의 어리광이다. 엄마를 굳게 믿는 아이처럼 그 항의 안에는 믿음이 있고 신뢰가 있고 확신이 있다. 저 사랑의 법칙, 끊어져야 하지만 차마 끊어질 수 없어 그 끊어짐 안에서 이어지는 사랑의 법칙 안에서 나는 항의했던 걸까. 그리고 당신은 신의 하얀 옷처럼 나에게 응답했던 걸까. 사랑의 법칙은 단어가 아니라 물건으로 말한다. 당신은 낮은 신발로 나의 항의에 응답했고(나는 갈 때까지 가겠어요. 길이 막혀 더 갈 수 없을 때까지, 그래서 어쩔 수 없이 당신에게로 돌아설 때까지……), 그 응답을 알기에 나는 말없이 값을 치렀던 걸까. 그

° 《요한계시록》 6:9-11

래서 취한 항의는 밤이 깊을수록 격렬했어도 이별을 마치고 돌아오던 걸음은 그렇게 가벼웠던 걸까. 내가 했던 항의, 그것이 신뢰의 항의였고, 당신이 선택한 낮은 신발, 그것이 나에게 보여주었던 귀환의 증표라는 걸 그때 이미 나는 알았기에……

……그리고 부재. 단어도 물건도 없는 온전한 텅 빔. 그 부재 안에서 나는 여전히 항의한다. 부재는 여섯 번째 봉인이다. 그 봉인을 떼면 텅 빔뿐이지만 단어가 사라지고 물건이 사라져도 사랑의 법칙은 사라지지 않는다. 그래서 사랑은 부재를 통해서 말한다. 이 사랑의 부재 안에서 당신의 부재는 절망과 체념이 아니라 신뢰와 확신의 징표다. 아니라면 당신이 사라진 부재 속에서, 사랑의 법칙이 부재하는 부재의 세상 속에서 나는 어떻게 살아갈 수 있겠는가.

계절과 날씨

매일의 날씨는 매일의 천지창조다. 아침의 날씨가 전날과
는 아무 관계 없는 새로운 하루를 눈앞에 열어준다. 그러니
아침에 일어나 어제의 고민으로 우울해하는 일은 얼마나
어리석은 일인가. 그것은 창조에 대한 거역이다. 그렇게 보
면 아침의 날씨가 맑고 흐림에도 아무 상관이 없다. 맑으면
맑은 날이, 흐리면 흐린 날이 새로 창조되는 것일 뿐이다. 그
렇게 우리는 맑은 아침에는 즐거운 아담이 되고, 흐린 아침
에는 우울한 아담이 된다.

당신이 떠나도 아침은 오고 계절은 바뀐다. 그것이 나를 얼
마나 아프게 하는지…… 하지만 이제 나는 날씨를 이해한
다. 나는 아침마다 다시 태어난다. 새로운 아담이 된다. 그건
내가 새로 태어나기 때문이 아니다. 그건 당신이 매번 다르
게 태어나기 때문이다. 맑은 아침에는 기뻐하는 당신, 흐린
아침에는 울적한 당신이 다시 내게로 돌아온다. 당신이 있
었을 때, 나는 그 기쁨과 우울을 함께 나누었다. 당신이 기쁘

면 나도 기쁘고 당신이 슬프면 나도 슬펐다. 그것이 나의 사랑이었다. 하지만 당신이 떠난 뒤에 나의 사랑은 바뀌었다. 나는 늘 기뻐하는 아담이다. 맑은 아침에도 흐린 아침에도 나는 늘 기쁘다. 당신이 매번 돌아오니까, 새로운 얼굴로, 잊었던 얼굴로, 혹은 기쁘게 혹은 우울하게……

잠 잘 오는 방

……그리고 당신은 그 후에도 몇 번 나를 찾아와 말했다.
오늘 자고 가면 안 되나요? 그리고 당신은 얼마나 쉽고 깊
게 잠들었는지…… 그렇게 잠자는 모습은 나를 기쁘면서
도 슬프게 했다. 당신은 아직도 나를 아주 멀리 떠난 건 아
니다, 라고 생각하면 나는 기뻤다. 하지만, 나는 또한 알고
있었다. 당신은 결국 떠나고 말 것이라는 걸, 당신은 떠나고
있는 중이라는 걸, 언젠가 당신은 더는 나의 방에서 잠들고
싶어 하지 않을 것이고 그래서 나를 찾아오지 않을 거라는
걸……

내게 부재는 당신이 없는 방이 아니다. 그건 그렇게 간혹 찾
아와 당신이 잠들던 방이다. 부재의 침대 안에서 나는 잠든
당신을 바라본다. 당신이 내게 아직 있음을, 당신이 떠나가
고 있음을 바라본다. 아직 아주 떠나지는 않고 조금씩 떠나
가고 있는 당신을…… 그 당신 곁에서 나는 매일 밤 당신처
럼 잠이 든다……

일루미네이션

당신은 얼마나 자주 나를 기다리게 했는지. 홀로 카페에서 열리고 닫히는 유리문을 하염없이 바라보게 만들었는지. 그때마다 당신은 수화기 안에서 말하곤 했었다. 아직 준비가 덜 되었어요, 아직 당신에게 보일 만큼 예뻐지지 않았어요. 나는 더 준비해야 해요, 그러니 조금만 더 기다려줘요.

당신은 나에게 늘 예쁘게, 가장 예쁘게 보이고 싶어 했다. 그리고 당신은 언제나 돋보였다. 수많은 여인들 속에서 당신은 우뚝 솟아나 나를 자랑스럽게 했었다. 그때 당신은 그런데 없었다. 당신은 없고 오로지 나를 위한 당신만이 있었다. 당신은 나였다. 그것은 나를 위해 당신이 완벽하게 준비한 당신이었다. 그때 당신은 없었고 나만 있었다.

그리고 지금 나는 다시 나만 있다. 당신 없이 홀로 있다. 하지만 당신은 그 없음 안에 여전히 있다. 본래 당신은 없음 안에 있었으므로, 당신이 없는 이 부재 안에서 당신은 어디에나 있다. 그때 당신은 모든 있음들을 당신에게로 응집시 켰지만, 그래서 당신만이 오뚝 있었지만, 지금 당신은 어디에나 편재한다. 당신이 없는 건 없어진 것이 아니라 당신이 풀어지고 녹아서 온 세상의 곳곳에, 보이는 모든 것들 안에, 보이지 않는 대기 안에 속속들이 스몄다는 걸까.

그래서 댈러웨이 부인도 말했던 걸까: "나는 런던의 대기가 될 거야. 대기가 되어 모든 이들이 숨 쉴 때마다 그 대기 안에 들어가 기억으로 살아나는 그런 인상이 될 거야……"

유르스나르도 말했던 걸까: "당신이 멀어지면 당신은 대기가 되어 온 우주를 채운다."

빈방

"당신은 늘 다시 귀환해요"

기형도의 '빈방'은 혼자 있는 빈방이다. 그러나 또 하나의 빈방이 있다. 그건 둘이 있는 빈방이다. 프루스트의 빈방. 그곳은 늘 '만나지도 않았고 이름도 모르는 여인'과 함께하는 빈방이다. 그 빈방은 동시에 노아의 방주이다. 노아가 떠나고 싶지 않아 했던 빈방. 그 빈방에는 무엇이 있었을까.

나는 정실이 되고 싶지 않아요. 나는 애첩이 되고 싶어요, 라고 어느 날 당신은 말했다. 그래서일까. 당신은 당신의 방을 '애첩의 방'이라고 불렀다. 나는 이 방에서 문을 잠그고 애첩으로 살다가 죽었으면 좋겠어요.

그러나 그때 나는 몰랐었다. 정실의 방은 오직 한 사람만이 찾아갈 수 있지만 애첩의 방은 여러 명의 오직 한 사람이 드나드는 방이라는 걸.

그 방은 기형도의 방이 아니었다. 사랑을 잃고 문을 잠근 방이 아니었다. 당신의 방은 사랑을 가두고 문을 잠근 방이었으니까. 그래서 그 방은 '콜랑의 밀실'이었다. 그 방은 언어가 사라지고 몸만이 남는 방이었다. 거기서 우리는 어른이기를 그만두고 어린애로 돌아갔다. 그러나 노아가 방주를 떠나야 했듯이 당신도 그 방을 나와야 했다. 나는 하나도 놀라지 않았다. 당신이 안에서 열쇠를 잠그는 소리를 들을 때마다 나는 이미 당신이 그 방을 어느 날 떠나리라는 걸 알았으니까. 그리고 나는 중얼거리곤 했었다. 조금만 덜 사랑하자고, 사랑은 더 많이가 아니라 조금만 덜 하는 거라고……

그리하여 나는 노아의 불안을 바란다. 노아가 그랬던 것처럼 나도 비둘기가 돌아오는 걸 바라지 않는다. 나는 당신이 돌아오는 걸 바라지 않는다. 돌아왔다가 다시 집을 나가는 지드의 탕아처럼 돌아오면 또 떠나게 될 당신이 돌아오는 걸 바라지 않는다. 차라리 나는 빈방에 가득한 당신, 떠날 수 없는 당신이 내 곁에 있기를 바란다. 한때 당신이 나를 당신의 빈방에 가두었던 것처럼 나도 이제 당신을 나의 빈방에 가둔다. 그래서 기형도의 사랑의 주체를 이별의 주체로 고친다: "당신의 사랑 빈방에 갇혔네."

당신의 방은 늘 비어 있었지만 비어 있지 않았다. 그 방은 늘 부재하는 나로 가득했다. 내가 찾아가도 당신은 나를 환대하지 않았다. 나는 늘 거기에 있었으니까.

그 방은 콜랑의 밀실이었다. 중국인 남자와 뒤라스가 함께 있을 때에만 존재하는 방만이 콜랑의 밀실인 것처럼 당신의 방도 당신과 내가 따로였던 적이 없었다.

당신은 유령 같아요.

폴 발레리: "인간을 만들고 나서 신은 인간이 충분히 고독하지 못하다는 걸 깨달았다. 그래서 인간에게 고독을 무한히

감당하는 능력을 다시 넣어주었다."

최후의 만찬

"우리는 아무래도 안 되겠어요"

그토록 회를 좋아했던 당신. 우리 회 먹으러 가요, 라고 당신은 자주 말하곤 했다. '회'라는 단어를 만들기 위해 귀엽고도 탐욕스럽게 두 입술 사이에 작은 틈새를 만들었다. 벌어진 꽃잎처럼 두 장의 입술이 살짝 열어놓은 붉은 부재의 틈새. 나는 그 작고 동그란 부재 앞에서 또 얼마나 애타는 식욕과 허기를 참아야만 했었는지.

하얀 광어회, 등 푸른 고등어회, 붉은 참치회, 우윳빛 문어회, 노란 전복회, 잿빛 새우회, 연보랏빛 감성돔회…… 당신의 회고 가는 손가락이 젓가락을 움직여 활어회 한 점을 집으면 다시 열렸다가 닫히던 두 입술. 입안에 숨어서 조용히, 은밀하게, 탐욕스럽게 활어의 육질을 저당하던 보이지 않는 흰 이빨. 그때 나는 당신이 회를 먹는 게 아니라 회가 되어간다고, 순수한 속살이 되어간다고 상상했던 걸까. 그래서 요리사가 얹어주는 회 조각들이 접시 위에 쌓이는데도 당신만 몰래 훔쳐보았던 걸까. 왜 안 먹고 나만 그렇게 보죠?

당신이 물었을 때, 내가 느껴야 했던 건 은밀한 부끄러움이었을까 아니면 예감으로 가득한 불안이었을까.

혀 위에 얹으면 순수한 유동식처럼 세포들 사이로 스며들던 활어회들. 한 점씩 회를 먹는다는 건 한 점씩 회에게 소화되어가는 것이라는 걸 그때 우리는 아직 몰랐다. 회에게 소화되어 스스로 회가 되어간다는 걸 정말 몰랐다. 그렇게 당신도 나도 마침내 순수한 회가 되었던 걸까. 모든 허구와 주장과 기만의 비순수들이 다 벗겨지고 순수한 속살이 되었던 걸까. 서로 순수한 속살이 되어 마주 보았던 걸까. 그리고 그때 그만 서로 깨닫고 말았던 걸까, 더는 만남을 계속할수 없다는 걸, 이별의 운명을 더는 숨길 수가 없다는 걸.

밖으로 나와 말없이 횡단보도를 건널 때 당신은 알리스처럼 말했었다. 우리는 아무래도 안 되겠어요, 라고. 나도 고개를 끄덕이며 미하처럼 응답했었다. 그래요, 우리는 아무래도 안 되겠어요, 라고.

"알리스가 미하와 함께했던 단 한 번의 여행이 끝났을 때,
두 사람은 헤어지기로 합의했다. 두 사람은 서로에게 만족
해왔고 싸우지도 않았다. 아마도 그래서 헤어질 수 있었는
지 모른다. 미하가 먼저 집으로 떠나고 알리스는 며칠 더 그
곳에 머물렀다. 그런데 어느 날 갑자기 헤어지던 기억이 떠
올랐다. 기차역에서 미하를 배웅하고 집으로 돌아왔을 때
혼자 소리내어 울고 말았던 기억. 미하가 죽기라도 한 것처
럼…… 그때 알리스는 생각했다. 이제 다 끝났어."○

왜 알리스와 미하는 헤어져야 했을까. 왜 이별해야만 했을
까. 아무 일도 없었는데, 도대체 아무 일도 없다는 게 무엇이
었기에……

○ 유디트 헤르만, 《알리스》

그러고 보면 당신과 나는 애초에 순수했었다. 내가 당신을 모르고 당신이 나를 모를 때, 나는 순수하게 나였고 당신은 순수하게 당신이었다. 그러나 어느 날 당신이 와서 I Love You라고 고백했을 때 당신과 나는 더 이상 순수할 수 없었다. 순수했던 I와 You 사이에 Love라는 단어가 들어서서 우리를 비순수로 만들었다. Love는 양 떼 사이로 풀어놓은 늑대처럼 양같이 순수하던 나와 당신을 모두 쫓아내었다. Love는 불온한 장사꾼처럼 조용하기만 했던 당신과 나의 밀실을 시끄럽고 소란스러운 사건들의 난장으로 만들었다. 그러면서 강력 본드처럼 우리를 접착해서 연애라는 한 권의 책으로 묶었다. 그 책은 비순수의 책이었다. 내가 당신을 당신이 나를 감염시키고 오염시키는 불순하고 불온한 책이었다. 그렇게 우리는 서로를 비순수로 만들었고 그것이 사랑이었고 우리는 대책 없이 사랑에 빠진 비순수의 애인들이었다. 돌아보면 우리는 얼마나 비순수했었는지. 사랑이라는 게임으로 얼마나 시끄럽고 소란스러운 욕망과 사건들이 그 사이에 있었는지……

그런데 비순수가 너무 비순수해지면 다시 순수로 귀환하는 걸까. 당신과 나의 사랑이 아무 일도 없을 때, 더는 아무 일도 일어나지 않도록 순수해졌을 때, 당신과 나는 다시 순수로 돌아가는 걸까. I Love You에서 Love가 더는 아무 일도 없게 되었을 때 나와 너를 꼭 붙였던 접착제가 용해제가 되고 마는 걸까. 꼭 달라붙었던 우리의 책도 낱장으로 흩어지고 마는 걸까. 그래서 알리스도 미하도 아무 일도 없었던 '단 한 번의 여행'의 끝에서 이별하고 말았던 걸까. 그래서 긴 출장에서 돌아온 브루노도 마리안느에게 고백하고 말았던 걸까.

"나는 당신이 필요했어. 당신이 없으면 죽어버릴 것만 같았어. 그래서 하루 빨리 집으로 돌아가고 싶었어. 당신이 있는 곳으로 당신 곁으로 돌아갈 생각만 했어. 그런데 이렇게 당신을 다시 보니까 웬일인지 다른 생각이 들어. 지금은 당신이 없어도 괜찮을 것 같아. 당신 없이도 그냥 잘 살아갈 수 있을 것 같아……"○

어느 날 당신은 말했다. 다시 글을 쓰고 싶다고, 시를 쓰고 싶다고. 그러면서 이렇게 말했다: 참 이상하죠. 난 늘 시를 쓰려면 어떤 특별한 상태로 들어가야 했어요. 어떤 절대적 상태, 거기서만 시를 쓸 수 있을 것 같았어요. 그런데 이상하죠, 정말 그 안으로 들어가면 시를 쓸 수가 없어요. 거기는 너무 완전하고 순수하게 행복해서 시 같은 게 전부 소용없어지고 말아요. 시 같은 건 써서 뭐 해, 다 쓸데없는 짓이야. 난 그런 거 없어도 너무 행복해. 그래서 나는 그냥 거기에 푹 파묻혀 있어요. 하지만 곧 다시 거기에서 나와요. 거기에서 쫓겨나고 말아요. 그러면 다시 시가 쓰고 싶어져요. 그곳

○《왼손잡이 여인》

이 당신의 품속이었나 봐요. 나는 당신에게 받을 건 다 받았고 여한이 없었나 봐요. 그래서 시 같은 건 없어도 괜찮았나 봐요. 그런데 난 다시 시가 쓰고 싶어졌어요. 다시 혼자 있고 싶어졌어요. 난 이제 당신의 품속에서 나왔나 봐요. 당신은 어떤가요?

아, 그날 회를 먹지 않았다면 얼마나 좋았을까. 당신과 내가 회처럼 순수해지지 않았다면 얼마나 좋았을까. 그때 미리 알았더라면 얼마나 좋았을까. 사랑은, 연애는, 너무 순수하면 안 된다는 걸, 담수가 아니라 비순수의 시끄러움 안에서만 탈 없이 잘 헤엄치는 어족이 사랑이라는 걸 일찍 알았더라면 얼마나 좋았을까.

하지만 나는 알리스처럼 울지 않는다. 브루노처럼 고백하지도 않는다. 당신처럼 시를 쓰지도 않는다. 나는 다만 박재상의 부인처럼 꼼짝도 안 하고 돌이 되어 당신의 부재 속에 앉아 있다. 당신이 떠나간 그 순수의 품속에 대신 앉아 있다. 그러면서 나는 당신과 함께 있다. 회가 된 당신을 먹으면서 나는 이미 비순수가 되었으니까, 내가 아닌 당신이 되어버렸으니까. 순수는 비순수가 되어도 비순수는 다시 순수가 될 수는 없으니까. 그것이 사랑이고 이별이니까.

이별의 푸가

© 김주영 2019

초판 1쇄 발행 2019년 6월 20일
초판 3쇄 발행 2021년 2월 10일

지은이 김진영
펴낸이 이상훈
편집인 김수영
본부장 정진항
문학팀 김준섭 하상민
디자인 형태와내용사이
마케팅 천용호 조재성 박신영 성은미 조은별
경영지원 정혜진 이송이

펴낸곳 한겨레출판(주) www.hanibook.co.kr
등록 2006년 1월 4일 제313-2006-00003호
주소 서울시 마포구 창전로 70 (신수동) 화수목빌딩 5층
전화 02-6383-1602~3
팩스 02-6383-1610
대표메일 munhak@hanibook.co.kr

ISBN 979-11-6040-264-3 03810